転生少女はまず一歩からはじめたい 7

～魔物がいるとか聞いてない!～

|著者| カヤ Kaya

Characters
キャラクター紹介
サラ
ネリー
クリス

ラティ
アン
アレン
ノエル
キーライ

Map
地図
魔の山
ローザ
東の平原
東の山々
ガーディニア
王都
ストック
ハイドレンジア
湖
海

Contents

プロローグ　知らせはいつも突然に

カチャカチャと、お鍋にスプーンの当たる音が響く。

「ふう。完成」

サラは最近の陽気で汗のにじむ額を袖でそっとぬぐいながら、ポーションの澱《おり》が沈んで透明な液体に変わるのを嬉《うれ》しそうに眺めた。

「この瞬間は何度味わってもいいものですよね」

「そうねえ」

最初にこのハイドレンジアの薬師ギルドにやってきたとき、サラを試すようなことをした薬師たちも、もうとっくにサラの実力を認め、仲のいい同僚となっている。

「サラのおかげで薬草を採取する楽しみも知ったけれど、やっぱりなによりこうしてポーション類を作るのが面白いから、薬師を続けられるのよね」

あちこちのテーブルでポーションづくりに勤《いそ》しんでいた薬師たちが、わかるよという顔で頷《うなず》いた。

「サラもこの冬で、シロツキヨタケの扱いから竜の忌避薬の作り方まで覚えて、どこに出しても恥ずかしくない薬師として成長したし。言うこともいっぱしの薬師よね」

「いやいや、それほどでもありますけどね」

日本にいたときなら謙遜したかもしれないが、ここトリルガイアではそんな遠慮は必要ない。それでも、鼻を高くするサラを、めっ、と先輩が軽く睨《にら》んだ。

「調子に乗らないの」

そんなやり取りに笑い声が起こる。

これがローザの薬師ギルドだったら、こんなに和やかなやり取りはないだろうなとサラは思う。

あるいはカメリアや王都の薬師ギルドもそうだろう。行ったことのある薬師ギルドは、どこも尖《とが》った雰囲気のところばかりだった。

「王都は……。いえ、なんでもありません」

思わずそのことを口に出そうとしてサラは思いとどまった。いくら自分のいるところの居心地がいいからといって、他のギルドを落とすような言い方は気持ちのいいものではない。

「いいんだ。言いたいことはわかる」

ちょっと遠い目をして応えたのは、去年の秋、渡り竜討伐のお手伝いに王都の薬師ギルドに行ってきた薬師で、このあいだ戻ってきたばかりの人である。サラも二年半前の一四歳の頃行かされたが、それ以降は別の人が派遣されている。

「ハイドレンジアと違って、王都は貴族と平民の差が大きいし、薬師ギルド内でも少しでも成り上がろうとギラギラしている奴らも多いからな。ポーション作るのが楽しいなんて、とても言い出せる雰囲気じゃなかったよ」

王都の薬師ギルドにピリピリした雰囲気を感じるのはサラだけではないようだ。

「王都にモナとヘザーがいてくれて本当によかったと思うよ。もちろん、ノエルもだけどな。そういえば」

薬師はサラのほうを意味ありげに見た。

「サラの婚約者って噂《うわさ》のリアムがさ」

「違いますからね」

去年はノエルが新しい婚約者候補だと主張してハイドレンジアに乗り込んできたくらいなのに、王都ではまだそんな古い噂が流れているとは心外だ。このギルドではリアムもノエルも婚約者ではないということは知られているので、ちょっとからかわれただけなのはわかっているが、反射的に否定の言葉が出てきてしまうサラである。

「騎士隊の副隊長になってたのは驚いたけどな」

「それは驚きましたよね」

だがサラの驚きと、先輩薬師の言っている驚きはたぶん種類が違う。先輩薬師は、あんなに若いのに副隊長になったということに驚いているのだと思われる。だが、サラは、渡り竜討伐もタイリクリクガメ討伐のときも、たいした仕事をしていないのに失脚もせず小隊長から副隊長に昇格したということに驚いている。

「宰相家の力はやっぱり強いってことですかね」

「それもあると思うが、他に実力のある人がいないせい、ゴホンゴホン」

サラに答えようとした先輩薬師は、なぜだかいきなり咳《せ》き込むと左右をうかがった。

安心してほしい。

ここには薬師しかいない。

どうやら騎士隊では、人材不足により、リアムが副隊長に繰り上がったということのようだ。

「サラ！　ただいま！」

「よーう、サラ」

ノックもせず、扉をバンと開けて現れたのはアレンとクンツである。そんな無礼が許されているのは、ハンターらしからぬ気遣いによる。すかさず収納ポーチから、誰も採ってきたがらないシロツキヨタケを出して、薬師の皆さんの心証を良くすることを忘れない。二人はハイドレンジアどころか、トリルガイア全体でも注目の新進気鋭の若手ハンターの二人組だ。

「アレン！　クンツも、おかえりなさい」

そしてサラの親友でもあり、時間が許す限りは薬師ギルドまで迎えに来て、お世話になっている領主のライの屋敷まで送り届けてくれる。迎えに来ないときはといえば、遅くまで、あるいは泊まりがけでダンジョンに潜っているというのがわかっているので、心の中でお疲れさまと思いつつ、のんびり一人で帰宅する。

サラは異世界からの招かれ人で、バリアという自分を守る魔法を身につけているから、防御という点では、おそらくこの国の誰よりも強い。だから本当は護衛のような人は必要ないのだが、仲のいい友だちと一緒におしゃべりをしながら歩くという時間はかけがえのないものになっている。

「ハンターギルドでクリスを見かけたけど、王都からやっと帰ってきたんだね」

いつものようにクンツが話の口火を切ってくれる。

「そうなの。一緒に行った薬師の先輩も帰ってきたばかりだけど、クリスも帰ってきてすぐにネリーに張り付いていたから、一緒にダンジョン通いしているんだと思う」

「思うってなんだよ」

アレンが笑うが、ライの家の客人とはいえ、クリスがどうしているかなどサラが知るはずもない。

「だってクリスだよ？　相変わらずネリーにしか興味がないから、ネリーの予定を知っていれば、そこにクリスもいるだろうと予想するしかないでしょ」

「確かにハンターギルドでも俺たちに気づいた様子はなかったな」

おそらくトリルガイアで一番優秀な薬師であるクリスは、ことネリーのことになると大変ポンコツなのである。

「薬師ギルド長になったのも、ネリーのそばにいるのにそれが都合がいいからって聞いたよ」

「だけど優秀だからあっちこっちから引っ張りだこで、結局、ネリーのそばにはいられないことも多いよな。そう思えば」

サラたち三人は顔を見合わせて頷いた。

「ネリーに引っ付いていても仕方ないよな」

「ネリーしか見えていなくてもな」

散々な評価にサラは思わず噴き出した。それでも、同じ薬師として、そして一緒に旅をしてきた仲間として、クリスの優秀さは身にしみてわかっている。

「それにしても、あの二人、いつくっつくんだろうな」

クンツの一言は余計なお世話だが、ハイドレンジアの誰もが思っていることでもある。

「ネリーは現状で十分幸せそうだから、何かきっかけがない限りこのままだろうと思うよ」

「もどかしいけどな。俺なら、好きな人を誰かにかっさらわれそうな立場に置いておくのは嫌だな」

サラは思わずクンツを見上げてしまった。

そもそも、この三人で恋愛や結婚に関する話などしたことがないので、クンツがここまで踏み込むことに驚いた。

それだけでなく、ネリーがかっさらわれる対象であるとクンツが考えていることにも驚いた。

「それって、誰かがネリーのこと、その……、好き、とか？」

「俺も気になる。気がつかなかった」

サラと同様にアレンも驚いているようだ。

「なんでお前らはそう鈍感なんだよ。もちろん、表立ってそんな気持ちを外に出している奴は見たことないさ。けど、ネリーはハイドレンジアのギルドでは人気者なんだぜ。独身のハンターなんていくらでもいる。何かのきっかけで、好意が恋愛に切り替わることなんていくらでもあるだろ」

「そ、そうなんだ……」

「お、おう……」

クンツが大人に見えた瞬間である。

確かにネリーは、とても四〇歳を過ぎているとは思えないほど若々しいし、そもそもが美しい人だ。ローザでは強さばかり目立っていたが、ここハイドレンジアでは、ハンターとしての強さの他にも、素朴で意外と世話好きな人柄や容姿も当然のように好ましいと評価されている。

「それで、うわっ！」

クンツにもう少しその話を聞こうと思ったサラは、後ろから肩を叩《たた》かれて思わず体が跳ねてしまった。もちろん、バリアがあるからバリア越しに叩かれたことが伝わっただけだが。

「ハハハ。ずっと後ろから付いてきていたのに、気がつかないとはな。気鋭の若手ハンター三人組としてどうなんだ？」

サラの背後で、いたずらが成功して喜んでいるネリーをかわいいとは思うが、これだけは言っておかなければならない。

「私をハンターに入れないでね？」

「ハハハ」

笑ってごまかすネリーもかわいくて、思わず仕方がないなという笑顔を向けてしまう。

「アレンとクンツも、私たちに声をかければよかったのに。ハンターギルドで見かけたぞ」

こっちは影のようにネリーに引っ付いているクリスである。

「気がついてたんですか？　俺たちのことなんて目に入ってもいないようだったから」

「もちろん、気がついていた。ネフに危険なことがないよう、つねに視野は広くしているからな」

表情も変えずに残念なことを言うクリスに、クンツは苦笑いを向ける。

「クリスのほうから声をかけてくれてもいいんですよ。……いえ、俺が間違ってました」

クンツは真顔で言い直した。

「ネリーのそばから離れたくなかったんですよね、うん」

自分に言い聞かせるように頷いているクンツは、自分の常識でクリスに提案しても意味がないことを思い出したのだろう。

「今度から遠慮せずに声をかけることにします」

クリスはクンツの言葉に満足そうに頷いた。

「それでいい」

一年前のタイリクリクガメの騒動で行動を共にしていたクンツは、案外クリスと仲がいい。今でもつい反発してしまうサラより、よほど上手にクリスをあしらっている気がする。

「ところで、楽しそうに何の話をしていたんだ？」

ネリーの質問に、サラたちはしどろもどろになるしかなかったが、幸いなことにライの屋敷はすぐそこだ。

ごまかしながらも楽しい気持ちで帰宅すると、ライが渋い顔で待っていた。

その手には手紙があり、隣にはネリーの兄のセディアスが立っている。

ライはハイドレンジアの領主で、セディアスはこのあたりのギルドをまとめている総ギルド長であり、いずれ領主を継ぐことになる人だ。

そして、ライに来た手紙にいいことがあったためしがない。サラは嫌な予感がした。

「ただいま帰りました。ところで父様。これ見よがしに手紙を持っているのは、つまりそれが何か聞いてほしいからですよね？」

ローザにいる頃のネリーはこんなにしゃべらなかったのにと思うと、サラはちょっと感慨深い。サラに対してでさえ、どこか遠慮があって、距離を感じていた。だからさっきみたいにサラをからかうようになったり、父親に対してこうして軽口を叩けるようになったりしたのは、すごい進歩だと思うのだ。

「うむ。最初に言うが、いい知らせではある。面倒でもあるが」

隣でセディが頷いているから、いい知らせには違いないのだろうと、サラはほっと力を抜いた。

面倒なことのほうは、言われてから考えればいい。

「ラティから、いやラティーファから、連絡があってな」

「姉様からですか。それは珍しい」

その会話を聞いてサラは愕然《がくぜん》とする。

姉様。

ネリーに姉がいたとは知らなかった。

しかし呆然《ぼうぜん》としながらも、サラは急いで自分の記憶をたどってみた。いくらネリーが無口でも、自分の家族のことはさすがにすべて話してくれていたはずだからだ。

そして思い出した。

「兄二人と、姉一人」

たしかそう言っていたはずだ。つまり、姉どころか、セディの他にもう一人兄がいて、サラはそのどちらも知らなかったことになる。

サラは自分のうかつさにめまいがしそうだった。確かにネリーは積極的に自分語りをしない人だが、だからといってちゃんと家族構成を言ってくれていたのに、それにまったく関心を示さなかったのはどうなのか。

「ああ、サラには話したことがなかったな。姉様はトリルガイア東部の大きな町の領主夫人なんだ。それと、一応、下の兄はハンターで、定住せずにあちこちふらふらしているから、私もどこにいるか知らない」

サラがぽろっとこぼした言葉を、ちゃんと拾って説明してくれるネリーがありがたい。

「珍しいというのは、ラティの住んでいる場所がちょっと行きにくい場所にあってな。あまり積極的に連絡を取らないからなのだ」

本来ならすぐに用事の話をしたいはずなのに、ネリーもライもサラに丁寧に説明してくれた。

「ですが、行き来こそしないものの、姉様は幸せに暮らしていると思っていましたが」

「ああ、それは心配ないだろう。エドは穏やかな男だからな」

エドというのは、ネリーの姉の夫なのだろう。会話の一つ一つが情報の宝庫である。

「詳しい話は、食事をしながらしようか」

ライの言葉に、クンツが慌てて辞去の挨拶をした。

「では俺たちはこれで失礼します」

「なぜだ？　お前たちの食事も用意してあるぞ？」

サラを送りついでのライ宅での食事は、アレンとクンツの楽しみでもある。だが、クンツの考えは至極まともだった。

「いや、家族の話は家族だけのほうがいいでしょう」

「いまさらだ。遠慮するな」

こうしていつものメンバーで食事をすることになった。食事が進む中、ライが口火を切る。

「アレンとクンツはガーディニアについては知っているか」

サラにとっては先ほど初めて聞いた土地だが、アレンとクンツは当然とばかりに頷いた。サラは自分が落第生になったような気持ちだ。学校というものがないと、知識って偏るんだなあとトリルガイアの暮らしに責任転嫁しそうになる。

「王都からは真東にあたる土地だけど、間に山脈があって、あまり人の行き来がない。穀倉地帯。それに、ダンジョンも魔物も少ないから、ハンターにとってはうまみがない」

アレンは指を折って思いつくことを挙げていく。おもにハンター視点なのがアレンらしい。

「叔父さんといたときも、峠越えが面倒だし、ハンターは稼げないからっていう理由で、俺は行ったことはないです」

「俺もないです」

アレンとクンツは場所の知識だけはあるようだ。

「私もない。姉様の婚礼は王都で行われたから、それ以来会っていないし」

ネリーも行ったことがないということは、家族でさえ行くのが大変な場所だということだ。

「俺は視察で行ったことがあるが、山を越えると平坦《へいたん》で豊かな土地が広がっているのに、魔物がほとんどいない楽園のような場所だ」

　この場で唯一行ったことがあるのがセディだった。父親のライですら、ガーディニアには行ったことがないのだそうだ。

「私も領主、ラティも領主夫人。お互い王都に行くことはあっても、それ以外で領地を離れるのはなかなか難しいんだ。何度か王都で顔は合わせたが、もうしばらく会っていないなあ」

　ライの声に会いたさがにじむ。ネリーのことをかわいがっている様子からも、ライが家族を大事にする人であることは伝わってくる。ただ、考え方が少しばかり筋肉寄りなだけだ。

　サラのいた世界では、お金と地位のある人は、むしろ自由に国境を越えて行き来できたと思う。貴族制度のあるトリルガイアで、スピードのある移動手段が馬車か身体強化というなかでは、地位のある人は逆に移動しにくいのかもしれない。

　しかし、サラは、セディの言葉が気になって、思わず口を挟んでしまった。

「あの、そんな楽園のような場所なら、王都やローザより、その、ええとガーディニアに住みたいと思う人が多い気がするんですけど、そんなに人気がない場所なんですか？」

　それならどうしてサラはその場所の話を聞いたことがないのかという、単純な疑問である。

「ああ、そういう人気はない。逆説的だが、ダンジョンと魔物が少ないということはつまりだな」

　セディがどう言おうか頭を悩ませている。

「ダンジョンも草原の魔物も厄介だが、資源でもある。トリルガイアで一番移動するのは商人とハンターだから、農作物しかなければ、人の移動も少ないというわけだ」

ダンジョンは儲《もう》かる。だからローザは物価が高くてもやっていけるのだ。

納得の理由である。

「東部の地元の人は外に出たがらないし、山脈の西側の人たちも、特に東部に行く理由もない。行き来は少ないが、安全で豊かな農業地域。そういう場所だな」

「よくわかりました」

ここまで丁寧に説明してくれたのは、ものを知らないサラのためだ。

「ところで父様。姉様からの連絡とはなんでしょう」

一通り説明できたと判断したのか、ネリーが本題に入ってくれた。

「うむ。ラティとは定期的に手紙のやり取りをしているのだが、この間、ネフェルがついにハイドレンジアに落ち着いたと書いたのだ」

ネリーとサラは、ハイドレンジア自体にはもう二年以上いるが、最初の頃は王都に呼び出されたりしていろいろあった。ここ一年ほど、どこにも行かずに過ごしているのを見て、やっと落ち着く気になったとライも判断したのだろう。

「そうしたら、とても喜んでな。その、それなら久しぶりにかわいい妹に会いたいから、ネフェルをガーディニアに寄こしてくれと言われて、折よき頃を見計らっておったところなのだよ」

とてもいい話だと、サラはうんうんと頷いた。サラはもう本当の家族とは会えないから、会えるときに会っておいたほうがいいと心から思うのだ。

「父様、私はそのことを一言も相談されておりませんが」

確かに、本人の意向が一番大切である。

「その手紙に書いてあるのはそれだけですか」

ネリーの冷静な声が食堂に響く。

「いや、その、なんだ」

ライの目が泳いでいる。

「ラティはほら、ネフェルの母親代わりでもあっただろう。つまりその……」

しどろもどろなライの目がサラを捉えた。サラは椅子の上でびくっと飛び上がりそうになった。

ライは何かを必死に訴えているようだが、サラにはそれが何なのか皆目見当がつかない。

「はあ」

「ラティ」

「もうとっくに諦めているかと思っていましたが。どうせ見合いか何かでしょう」

隣でネリーが大きなため息をついた。

「察したか……」

「察したも何も、後で手紙を見せてもらえば結局はわかることです」

ネリーは冷静なままで、まだ何か言いたそうなライを無視し、セディのほうに顔を向けた。

「それで、兄様はなぜここに？」

サラは質問の意図がわからずきょとんとした。家族の手紙を皆で楽しもうと思って集合したのだと思っていたからだ。それに、お見合いの話はどうなったのだろう。だが、セディはそのことを気にした様子もなくネリーと話を続けている。

「ああ、ちょうど今日、王都のハンターギルドから知らせが来てな」

王都からの知らせが良いことだったためしがない。サラの警戒度は跳ね上がった。

「ガーディニアのある東部地方で、クサイロトビバッタが増えている可能性があるということだ」

クサイロトビバッタと聞いて、サラの頭に浮かんだのは、緑色の細い小さなバッタだ。日本でサラの住んでいた家の周辺の草むらでもたまに見かけたそれは、オンブバッタと呼んでいた気がする。

「数年おきに聞く話ですから、またかとしか思えませんが。ハンターが出るほどなのですか？」

ネリーの返事を聞いて、サラの心の耳に警報音が鳴り響いた。

ハンターが出なければいけないほどのバッタが、日本と同じかわいいバッタなわけがない。

今までの経験によると、それはつまり、大きいということだ。

「またかといっても、前回は一〇年以上前になる。単体ではおとなしい生物なんだがな。今年は数がずいぶん多いらしい」

そういうことである。

「ちなみに大きさはどのくらいですか」

サラもこの世界の生き物についてはだいぶ察しがつくようになったが、一応確認してみる。

その疑問にはネリーが嬉しそうに答えてくれた。

「なに、たいしたことはない。ニジイロアゲハほど大きくないぞ。チャイロヌマドクガエルほども、ツノウサギほどもない。そもそも魔物でさえないからな」

そのすべてが抱えきれないほど大きいということを考えれば、ネリーの保証にはまったく安心できない。

「クサイロトビバッタは草食だから、万が一増えて、収穫前の小麦を食べ尽くされては王都の食糧不足につながる。百年以上前にまれにあったそうだ」

何百年かに一度の災害が多すぎないか。

サラは去年のタイリクリクガメのことを思い出して遠い目をしてしまった。

「だからそうならないよう、いつもは王都からハンターを出しているんだが、久しぶりの募集に、今回は集まりが悪いらしい。それでハイドレンジアを含む南部からも人を出してくれないかという依頼が来た」

南部からということで、まず総ギルド長のセディへと連絡が来たのだろう。

「ローザはどうしました」

ネリーがわざわざそう聞くからには、普段はローザに先に頼むのだろう。

「ローザは相変わらずツノウサギが多くて、東部にまで人手を出す余裕はないそうだ」

ツノウサギでさえ、単価が低いからといって狩りたがらないローザのハンターにとっては、東部には魅力がないというのが実際だろうなとサラは思う。

「特別手当は？」

「もちろん出る。素材としての価値はほとんどないからな、あのバッタは」

魔物を狩れば、魔石の他にも、例えばツノウサギなら毛皮や肉のように、売れる素材も手に入る。その魔石と素材を売って生計を立てているのがハンターだ。

「魔石も素材もないとあっては、わざわざ山脈を越えて移動するほどの稼ぎにはならないからな。特別手当がないと人が集まらないんだよ」

地元のハンターはどうなのかと聞こうとして、サラは先ほどの話を思い出した。ダンジョンも魔物も少ないと言っていたではないか。つまり、ハンターの数がそもそも少ないのだろう。

「じゃあ、その募集は明日からハンターギルドに出るんですよね」

クンツが意気込んで聞いている。

「ザッカリーと相談の上だが、その予定だ」

「よし！」

こぶしを握っているクンツを見れば、どうやら参加の方向のようだ。王都の渡り竜討伐もそうだが、クンツは経験を積むことにためらいがない。虫が嫌いだとか、そのレベルでちょっと引いているサラとは大違いだ。

「兄様、もしかしてちょうど都合がいいから、姉様に会いに行くついでに、クサイロトビバッタの依頼も受けてくれないかという話ではないですよね」

あきれたようなネリーの質問に、セディはためらいなく頷いた。

「そのとおりだ。そのほうがネフェルにとってもいいだろう」

どのようによいのかちょっとわかりにくい。

「ラティには会えるが、面倒な社交については、狩りがあるからと断れる口実になる」

「ふむ」

すぐに断らなかったことから、ネリーの心が動いたことがわかった。

「サラ、その」

ネリーがサラのほうを向いて、困ったような、それでいて期待に満ちた顔をする。

「サラは薬師だからな。狩りはしなくていい。最大の問題は、姉様に着せ替え人形にされることくらいだ。だから、その……」

サラにも付いてきてほしい。そうはっきりと言えずにもじもじとしているネリーがかわいくて、サラはほっこりとした。クサイロトビバッタという生物が懸案事項ではあるが、サラはかかわらずに済みそうだ。だとしたら、魔の山にいたときに願ったように、見知らぬ場所に行ってみる絶好のチャンスではないか。

「カレンに聞いてみないとわからないけれど、薬師ギルドをお休みできるなら付いていきたいな」

「そうか！　それならザッカリーと相談の上だが」

ネリーはニコニコとしてライとセディのほうに体を向けた。

「行ってもいい」

「そうか！」

セディがほっとしたような顔をした。隣で同じようにほっとしているライの視線がなぜかサラのほうを向いているのが不思議ではある。

「ただでさえ近隣のダンジョンの視察で忙しいのに、家族に会うためとはいえ、東部まで行きたくないというのが正直なところだ。俺もそろそろ年で遠出はしたくないし、ウルヴァリエの代表としてネフェルが行ってくれると本当に助かるんだ」

小さいダンジョンが点在する王国南部のギルドを総括して管理しているため忙しいセディであるが、身内から助けを求められたら、ハンターの募集を出してはい終わりというわけにはいかないのだろう。

「セディ、その、すまん」

ライが申し訳なさそうな顔を、今度はセディに向けた。

「なんですか？　俺は行きませんよ」

「ああ。それはかまわん。だが、私が行こうと思う」

続く沈黙の中、サラは先ほどの話を思い返した。お互い領主の立場だと、管理している土地を長い間は離れられないから、めったに会うことがないのではなかったか。

「父上。いえ、ご領主。王都ならともかく、ご領主がここを離れるのは困ります」

セディもそう言っているし。サラは自分の認識が間違っていないことを確認できた。

「いや、私もそろそろ代替わりしてよい年になったと思う」

「まさか」

セディが大きくのけぞった。

「私がいない間、次期当主たるお前が代理になればよい」

「はあ？　ただでさえ仕事が忙しいというのに、領主代理とか無理に決まっています！」

ライはまあまあと言いながら髭《ひげ》をなでつけた。

「しょうがなかろう。行きたいんだもん」

「だもんって、父上……」

ネリーが大変なことになるのかと思ったら、意外なことにババを引いたのはセディだったという、思いがけない結果に終わった一日だった。

食事を終えて帰るアレンとクンツを見送りに出たサラは、どうしても聞いておきたいことがあった。

「アレンは何も言わなかったけど、どうするつもりなの？」

一年前だったら、遠慮して聞けなかった質問である。

「俺も行くよ。クンツと同じで、ハンターとして積める経験は積んでおきたいと思うから」

「よかった」

ほっと胸を撫《な》でおろすサラに、アレンはいたずらっぽく笑いかけた。

「クンツもサラも、あの中で平然と発言できるからすごいよな。俺なんてどこで口を挟めばいいかわかんなくて、行きたいって言い出せなかったんだ」

「ま、俺の家族は皆おしゃべりだから、ああいう場は慣れてる。最初こそお貴族様にどう口をきいていいかわかんなかったけど、さすがに二年で耐性がついたよ」

サラ以上に巻き込まれているかもしれないクンツの言葉には説得力があった。

「サラは領主館、俺たちは草原。現地に着いたら別行動だろうけど、行き帰りは一緒だろ。新しい場所、楽しみだな」

「うん！」

明日か明後日にはハンターギルドで募集が始まるだろう。

サラは、魔物がほとんどいないという東部に思いを馳《は》せた。

「今までのトラブルの原因は、たいてい騎士隊だったもんね。今回は騎士隊がいないし、魔物はいるけど私は関係ないし。ネリーや皆と一緒の旅、楽しみだなあ」

食堂に戻りながら、サラはうきうきと心を弾ませた。廊下を歩く足取りも軽い。

「あれ？　何か忘れているような気もするけど、まあ、そのうち思い出すでしょ」

サラは意外と楽観主義である。

だが、今日はまだ終わりではないことまでは見抜けなかった。

見送りを済ませ戻ったところに、この日の本題が隠れていたのである。


「はあ、東部に招かれ人がやってきた？　それも半年以上前にですか？」

アレンとクンツが帰った後、ちょいちょいとライに手招きされたサラに、特大の爆弾が落とされた。

それはハルトたちが東部へ行ったということではないのかと、混乱するサラを前に、ライは深刻そうな顔をして話を続けた。

「王城に現れるはずの招かれ人が、二人続けて辺境の地に落とされるとは。あ、いや、ガーディニアは辺境ではないが」

「少なくとも魔物のいない場所だったのはうらやましいです」

二人続けてという話で、すぐに新しい招かれ人だと悟ったサラは、さっそく突っ込むのが止められない。

「ということは、トリルガイアには今、招かれ人が四人もいるんですねえ」

そんな返事をしてしまったサラには、ちょっと当事者意識が欠けていたかもしれない。

だが、招かれ人がやってきたとしても、サラと違ってたいていは国に保護されて大事に扱われるのだし、ましてや東部といえば、魔物も少ない楽園のような地だと、さきほどセディが言っていたではないか。

サラのように魔の山に落とされてつらい思いをしていないのなら、問題はない気もした。

それに、サラもそうだが、招かれ人は体がつらくて思うように動けなかった者が多いと聞く。家族と離れて悲しい気持ちはあっても、自由に動ける体が手に入ったことは何物にも代えがたい。慣れてくれれば、幸せに暮らしていけることだろう。

「三人でもまれなことだというのに、四人とはなあ」

女神の恵みとして存在は認知されているとはいえ、それほど頻繁に招かれ人が来ることはないのだという。

「去年タイリクリクガメ騒動が起きたとき、そなたらの活躍を目の当たりにして、このときのために招かれたのかと感慨深いものがあったが、よく考えたらそもそも活躍しない招かれ人のほうが多い。サラたちが活躍するかどうかも未知数であったし、何かのために招かれたともいえない気がしてな」

「そうですねえ。そもそも、ただいてくれればいいと言われたので、たまたまなんじゃないかと思いますけど」

神と呼ばれるような存在の意思を推し量っても仕方がない。推し量り始めると、魔の山に落とされた恨み言が顔を出しそうにもなるから、生産的ではないとサラは思う。

「それにしても、半年も前に来ていた割には、噂にも聞きませんでしたね。私のときもそうだし、あまり公にはしないものなんですね」

「場所によると思うぞ。落ちた場所が王都ならばすぐに広まるが、ガーディニアではな。だが半年経《た》って、そろそろ王都に顔見せにという話になったが、当の招かれ人が拒否したらしい」

面倒は嫌い、そんなところは日本人ぽいなと思ってから、サラははっと気がついた。

その招かれ人がどのような人かまったく聞いていなかったではないか。ハルトは日本人だが、ブラッドリーはイギリス出身だったはずだ。

「私ったら、すみません。自分の気になることばかり聞いて、話を中断させてしまって」

サラは慌てて頭を下げた。

「かまわんかまわん。質問があったらどんどん聞いてくれ。こういう、方向性のない会話こそ家族らしいと思わんか。ゴホンゴホン」

要はただのおしゃべりが楽しいと言いたいのだろう。ライは照れたように咳払《せきばら》いし、セディが仕方のない人だという顔をしてそれを眺めている。

「ゴホン。さて、サラにとっての本題に入らせてもらうぞ」

「はい」

サラにとっての本題とは何か気にはなったが、しばらく口を挟まずにいようと思う。

ライは手紙を胸の隠しから取り出した。よく見ると、先ほどひらひらと見せていた手紙とは違って、金の縁取りのある高級そうな紙だ。ということは、家族の手紙とは別ということだろうか。

「ええとだな。その招かれ人は、ニホーンという国から来た、ヨシカーウワ・アンズー。いや、アンズー・ヨシカーウワか？」

「元の世界風にいえば、アンズ・ヨシカワですね。そうか、日本人で女の子か」

サラは嬉しいような、切ないような微妙な気持ちになった。

ハルトと同じように、同郷の人であることは嬉しい。

だが、元気な体と引き換えに、もしかしたらやりたいことや大切な家族を失ったのかもしれないのだ。そのうえ、日本とはまったく違う文化のこの国にうまく馴染《なじ》めているだろうかと心配にもなる。

「ラティの屋敷の前庭に現れたそうだ。それが去年の秋。王都には連絡済み。だが……」

ライはふうっと大きく息を吐いた。

「素直に言うことは聞くが、いつまでも馴染まず、距離を取られているようだ、と書いてある」

サラもふうっと息を吐いた。どうやら緊張していたようだ。そして、悪いほうの予想が当たったことを残念に思う。

「ラティの二人の息子、つまり私の孫はもう成人していてな。招かれ人が少女で、娘ができたようだと大喜びしていたが、部屋からもめったに出ることがなく、窓の外を見てため息ばかりだそうだ」

冷たいようだが、そんなことを聞かされても困るなとサラが思うのは、こちらの生活に慣れたせいだろうか。それとも、自分と違って苦労のない場所に落とされたうらやましさだろうか。いやいやそれはないとサラは首を横に振った。

「それがサラに何の関係があるのですか」

本題に入ると言っておきながらも、遠回りの会話に焦《じ》れたのか、はっきりと口に出したのはクリスだった。

「サラとは違い、王都ではないにしろ、領主の館《やかた》に落とされて、何の不自由もない生活を保障されているはずです。まさかラティーファは、まだ一六歳のサラに、自分のところに来いなどと求めるつもりではありませんよね。サラとて、自分の仕事も、生活もあるのですよ」

サラは驚いて口をあんぐりと開けそうになった。

クリスにとってサラは弟子であり、ネリーを挟んで家族のようなものではあるが、心配したり、甘やかしたりということは一切ない。それが、まるでサラをかばうようなことを口にしたのだ。驚かないわけがない。

「うむ。それがそのとおりなのだ」

ライもその要求が少々理不尽であるとは思っていたのだろう。クリスの厳しい意見をそのまま受け止めてはいる。だが、

「それならば、断ってください」

というクリスの主張にはゆっくりと首を横に振った。

「領主から領主への正式な依頼だ。受けるかどうかはサラが決めてよいが、まずは読み上げさせてくれ」

やっと本題である。

「とはいえ、面倒くさい部分を省くと、東部ガーディニアの領主、エドモンド・グライフとラティーファ・グライフより、ハイドレンジアの招かれ人イチノーク・ラサーラサ殿へ。招かれ人ヨシカーウワ・アンズーがトリルガイアに馴染む手助けをしてほしい、という依頼だな」

サラは即答できなかった。今まで人助けだとわかってためらったことなどない。面倒なことは苦手だが、無理のない範囲で誰かを助けられるのならそれはいいことだと思うからだ。

そして即答できなかった自分に驚いてしまっている。

クリスはかばってくれたが、先ほど話し合ったとおり、どうせネリーと一緒にガーディニアに行くことは決まっている。そのついでに、領主館に立ち寄り、そこで保護されている同郷の少女の手助けをすればいいというだけのことだ。

自分にとっても無茶なことではない。

では依頼側はどうか。身内としてのネリーに来てほしいということも、ハンターとしてのネリーが必要ということも、それならばネリーが保護している招かれ人についでに来てほしいということも、どれも何もおかしいことではない。

むしろ、ネリーと一緒にガーディニアを訪れたとして、会わない選択肢も、手助けをしない選択肢もあり得ない。サラはすぐに答えなかったことを反省して顔を上げた。

「私は……」

だがその先はネリーに止められた。

「サラ、やっぱりさっきの頼みは忘れてくれ」

さっきの頼みとは何かとネリーのほうを見ると、その横顔は厳しかった。

「ガーディニアに付いていきてほしいという頼みだ。そもそも、ハンターの私に、そして身内である私に来た依頼だ。一人で行ける。よく考えたら、サラにわざわざ薬師としての仕事を休ませるわけにはいかないしな」

「でも」

「なあに。今までに来た招かれ人は、誰もが大事にされ、やがてこの世界に馴染んでいったことだろう。アンズーとやらも、招かれて半年、まだまだこれからだ。サラの薬師修業を数ヶ月休ませてまで行くほどのこととは思えない。周りには保護者がたくさんいるし、わざわざハイドレンジアから招かなくても、同世代の子どももたくさんいる」

隣でクリスが大きく頷いている。

「だからサラ。今回は申し訳ないが、留守番をしていてくれないか」

ネリーがニコッと微笑《ほほえ》んだが、サラに心配をかけまいと、無理に引き上げた口角が引きつって大変迫力のある顔になっている。

そのネリーを見たクリスが、同じように口角を上げようとして、やはり怖い顔になっている。

「ぷっ。二人とも変な顔」

サラは思わず小さく噴き出してしまい、そしてなぜだか目に涙がにじんだ。

ガーディニアに一緒に来ないかと誘ったのは、魔の山からずっと一緒にいた、親友のネリーだ。

でも、ガーディニアにはやっぱり来ないでほしいと願ったのは、サラの母としてのネリーなのだと思う。サラが責任感のある子だと知っているからこそ、余計な負担をかけたくないという思いやりだ。

そしてネリーがどこに行っても付いていくと決めていて、普段はサラのことは気にも留めていないように見えるクリスは、サラにとっては薬師としての師匠である。

だが、ガーディニアからの依頼を断るべきだと主張してくれたクリスは、父とまではいえなくても、サラの生活を守る家族としての立場に立ってくれた。

サラは変な顔をしているネリーとクリスから視線を外し、目をごしごしとこすると、ライとセディのほうに目をやった。

優しい目でサラを見る二人からは、サラが依頼を受けようが受けまいが、好きにしていいという気持ちが伝わってくる。

いつの間にこんなに皆に大事にされるようになっていたのだろう。気がつかないうちに、サラはしっかりとこの地に根付き、血がつながらないにしても家族ができていたのだと実感する。

魔の山に落ちてから、ずっと頑張ってきたサラの苦労と努力をちゃんと理解して、その成果を当

たり前のものと思わない人たちが、サラのそばにはこんなにもたくさんいるのだ。そうしてサラの言葉にできない不安を感じ取り、守ろうとしてくれる。

それならば、サラもちゃんと向き合おう。そう決心して口を開く。

「ううん、いいの。私、ネリーと一緒に行くよ。行きたいんだ」

動いても疲れない体で、いつかあちこち旅して回りたいと思っていた。今までだってあちこち旅をしてきたけれど、今また、行ったことのない場所に行く機会が目の前に転がっている。わずかな不安のせいで、それに手を伸ばさない理由はない。

「でも、ライ。正直に言って、その依頼は私には責任が重すぎる気がするんです」

「こちらの世界に馴染めるよう、手助けしてほしいということしか書いていないようだが」

同時に、部屋から出ずに、距離を取られているとも、書いてあったはずだ。

「様子を聞く限り、半年経っても、こちらの世界を受け入れられていないということだと思うんです。おそらく、元の世界に置いてきてしまったものが大切すぎて、こちらに馴染むのを拒否しているんじゃないでしょうか」

「元の世界にいたら、自分の命が短かったとしても、か？」

ライの言うことは、厳しいが事実だ。サラも女神に、長生きはできないと言われた。

「そんな先のことより、今のことが大切だったりするんです。例えばあと一ヶ月の命だと言われて、知らないところで長生きするのと、家族と精一杯楽しく過ごすのと、どちらを選ぶかは人それぞれだと思うんです。でも、正直に言って女神様はそれさえ選ばせてくれませんでした」

サラは大人だったから、そして残してきた家族の強さを信じられたから新しい環境に適応できた。だが、そうでない人もいるかもしれないのだ。

「だから、その気持ちを強引に変えて、こちらに馴染ませることはできないと思うんです。ただ」

サラはネリーのほうを見てニコッと笑った。

「その子の話を聞いたり、こちらの話をしたりという、ほんのちょっとのお手伝いならできます。ええと、依頼じゃなくて、旅のついで、という感じでなら」

「理解した」

ライは髭をひねると、うむと頷いた。

「依頼という形では受けることはできないが、旅のついでに訪《と》うことはできる。そう返事を出せばよいな」

「はい」

ハルトのように、一〇歳の年齢のままこの世界に来たのか、サラやブラッドリーのように、ある程度の社会経験を積んでから一〇歳に戻されたのか、それは手紙には書いていなかったから、どう接するのかは行き当たりばったりだ。

だが、来てしまった以上はこの世界で生きていくしかない。ほんの少しでも、アンズという招かれ人の気持ちを楽にしてあげられたらいいなと思うサラであった。


翌朝、びくびくしながら薬師ギルド長室のドアを叩いたサラは、あっけなくお休みの許可が出てほっと胸をなでおろした。

「もう、サラったら、私のことをなんだと思っているのかしら。職員にお休みを取らせないほど極悪じゃないわよ。今の時期は緊急の納品もないしね」

「はい、それはわかっています」

ハイドレンジアの薬師ギルド長のカレンは、この世界では珍しいことに女性であり、新しいことにも挑戦するし、職員の福利厚生もきちんと考えてくれる人だ。

ただし、そのぶん薬師としての仕事には厳しい。おかげで、サラも薬師として順調に成長させてもらっていると実感している。

「ただ、カレンなら、せっかく東部に行くんだからって、なにかついでに薬師としての仕事を押しつけ、いえ依頼してくるかもしれないと思ったので」

危うく本音を漏らすところだった。

「あら、よくわかってるじゃない」

「あ、墓穴を掘ってしまった」

カレンがニヤリとしたのでサラはしまったと思ったが、カレンはそのまま肩をすくめるだけだった。

「とはいえ、薬師としては東部に期待することはあまりないのよね。あえて言うなら、余りまくってるはずなんだから薬草類の出荷を増やしてほしいんだけれど、そこは全然改善されないの。クリス様の師匠に当たる方が東部でギルド長になったと聞いたときは、それはもう期待したものだけれど」

そもそも東部へ行く主な理由はクサイロトビバッタの討伐に行くネリーに付いていくことだ。現地にバッタの大量発生という問題は存在しているはずなのだが、東部という地方の印象が曖昧すぎて、何を恐れ何を期待していいかさっぱりわからない状況である。そしてカレンの曖昧な物言いも、それを後押ししかしていない。

しかし、最後に聞こえた言葉はちょっと気になる。

「はあ。あれ？　クリスのお師匠って、王都の現ギルド長なのでは？」

「どちらかというと、チェスターはクリス様のライバルね」

いくらクリスが優秀でも、教えてくれる人がいなかったわけがない。しかもネリーと同じ年なのだから、師匠といっても、よく考えたらまだ現役で働いていて当然である。

「クリスのお師匠様ということは、私にとってもお師匠様。ちょっと緊張しますね」

「人格者だもの。大丈夫よ」

師匠が人格者でも、弟子が人格者になるとは限らない。そんなことを考えていたせいだろうか。トントンガチャリと、ノックに応える間もなくギルド長室のドアが開き、サラは思わず飛び上がりそうになった。

「まあ、クリス様、いえ、クリス」

失礼な侵入者のはずだが、カレンの声のトーンが好意で二段階ほど上がる。

「ああ、カレン、すまない。サラに用事があるんだが」

「どうぞどうぞ」

サラの意思は関係なく、いきなり生贄《いけにえ》に差し出された気分だ。とはいえ、クリスがわざわざここまで捜しに来るのは珍しい。

「どうしました？」

「ああ」

クリスは誰も許可していないのに、客用の椅子がまるで自分専用の椅子であるかのように勝手に座ると、さっさと話し始めた。

「今回のクサイロトビバッタの依頼はハンターギルドに来たもので、薬師ギルドには何も来ていないのは知っているな」

「ええと、はい。今知りました」

サラは知らなかったので、カレンに確認してから返事をした。

「したがって今回私は、単なるネフの付き添いとしてガーディニアに向かう予定だ」

そういえば昨日の話し合いで、クリスは自分がどうするかを何も言っていなかったように思う。

サラはクリスが付き添いしかしないということを知って、初めてカレンの気持ちがわかったような気がした。

「それはもったいないですね」

「でしょ？　わかってくれる？」

「はい。でも自分が仕事をさせられるのはやっぱり別です」

カレンにはきっぱり言っておかないと、余分な仕事が積み上がりかねない。

「ああ、私にとっても、余計な仕事がない分、ネフの付き添いに集中できることは素直に喜ばしい」

かすかに口の端が上がっているような気がするから、ネリーの付き添いで東部に行くことが心底楽しみなのが伝わってくる。だが、クリスは軽く頭を振ってその煩悩を振り払うそぶりをし、それから腕を組んだ。

「だが、それはそれ。問題のある場所に行くというのに、薬師として何の準備もしないのは肌に合わぬ。特にこの数年の事象を考えるとな」

そう言われると、サラの知っているだけでも、ツノウサギの異常発生や、チャイロヌマドクガエルやニジイロアゲハの大発生、渡り竜の進路がずれたこと、タイリクリクガメの出現など、枚挙にいとまがないくらいだ。

だが、サラは気がついてしまった。

「でも、それって半分は騎士隊の失敗が原因でもあるんじゃないですか」

「そのとおりだ」

「否定できないわね」

どうやら共通認識だったようだ。

「だが、騎士隊は騒ぎの規模を大きくしただけで、魔物の発生にかかわっているわけではなかろう」

「それはそうでした」

騎士隊にうんざりしているとはいえ、原因まで押しつけるべきではない。

「今回はクサイロトビバッタだ。とはいえ、クサイロトビバッタの発生は私が薬師になってからも二度ほどあったように思う。最近は私がローザでギルド長をしていたときで、ローザのハンターギルドに依頼が来たことがあったが、その時もローザは断っていたな。だいたいが王都からハンターを送り出してお茶を濁しているような感じで、ここ百年ほど、それでなんの問題も起きてはいない」

それなら、ますます薬師ギルドの出る幕ではない気がするのだが。

「だが、そこに騎士隊が入ってきたらどうなる？」

サラは、今までの騎士隊の行動を思い出して、彼らならどうするか考えてみた。

「渡り竜対策として、忌避薬と麻痺《まひ》薬をうまく使うことに慣れてきているから、それをクサイロトビバッタに応用してみようとする？」

「その可能性は高いだろうな。もっとも、クサイロトビバッタの討伐に騎士隊が出ることはまずないから、取り越し苦労かもしれないのだが」

渋い顔をしたクリスは、取り越し苦労ではない可能性を強く考えているように見えた。

「サラとカレンと一緒に、騎士隊が来たときに起こりうる可能性を考えておきたいのだ。それをもとに、出発までに少しでも対策ができればと思ってな」

「光栄です」

カレンが目をきらきらさせているが、サラも同じ気持ちだ。

優秀な薬師であり、師匠でもあるクリスが、サラを頼ってくれたということが、胸が震えるほどに嬉しかった。

「東部にはキーライが、あー、私の恩師がいる」

サラが知らないということを思い出したのだろう、簡潔にだが説明してくれた。

「だが、臨機応変かというとそうでもない。ハイドレンジアでできることはすべてやっておきたいと思ってな」

多少頭の固い人のようだが、クリスが恩師と言うくらいだから大丈夫だろう。

それでも、行く前にポンコツな騎士隊のやりそうなことを考えておいたほうがいい。

おそらくだが、さっきサラが自分で口にしたとおり、竜の忌避薬も、麻痺薬も使ってみようとするだろう。

「元いた世界の基準で考えると、バッタは昆虫という扱いで、身近なところだとニジイロアゲハと同じ仲間になります」

「蝶《ちょう》とバッタが同じくくりか。竜とリクガメが同じくくりなのと同じように、不思議なものだな」

そもそもが魔物がいる世界で、くくりを気にするのはいまさらのような気もするサラである。

「その、竜とリクガメは同じくくりだったから、クリスの竜の忌避薬が効きました。ですがニジイロアゲハはどうでしたか？」

クリスは腕を組んだまま、ダンジョンの様子を頭の中で思い出しているようだ。

「ワイバーンの忌避薬を実験したときも、かまわずにひらひらとそこらじゅうを飛んでいたような気がする。しかも、ニジイロアゲハはキノコだけではなく、花の蜜や樹液も吸うからな。ギンリュウセンソウが原料の忌避薬は効かないだろう」

「クサイロトビバッタは何を食べるんでしょうね」

「あいつらは植物なら何でも食べる。藁《わら》でできていれば、屋根でも食べるそうだ」

サラとクリスの話を聞いていて、カレンが一つ提案を出してくれた。

「では、ハイドレンジアのダンジョンでおもに草食の虫型の魔物に、麻痺薬と忌避薬が効くかどうか実験してみてはどうです？」

「採用する。特に麻痺薬が確実に効くとなれば有用だ」

さっそく一つ決定した。

「他に何かあるだろうか」

サラはハイと右手を挙げた。

「あの、麻痺薬がどうとかいうより、元の世界での虫を退治する薬のことなんですけど」

「ほう、サラの世界にはそんな薬があるのか。こっちでいう毒薬のようなものだな。だが、飲ませるならともかく、魔物の外側にかける毒薬は後に残る。どういう仕組みか、麻痺薬は薄めれば効果がなくなるから洗い流せばおしまいだが、毒薬はこちらではあまり魔物には使わないな」

サラたち薬師が毒薬を作るのも、毒薬を利用しておもに解毒薬を作るためである。

麻痺薬は一時的なものなので、あまり問題はない。

「虫を殺す毒は使いすぎると、すぐに耐性を持った個体が現れるんです。あー、つまり、毒薬が効きにくくなる個体です」

今まで何百年も魔物に使い続けてきて、いまさら耐性を持つ個体が現れることなどほぼないと思うけれど、サラの知識から引っ張り出せるのはこのくらいのものである。

「とすると、普通の麻痺薬だけではなく、強い麻痺薬が必要だな」

クリスは顔をしかめた。ネリーに麻痺薬を使われてから、サラも麻痺薬には抵抗があるし、それを目の前で見たクリスはなおさらだろう。

だがクリスのすごいところは、万が一同じことがあったらと仮定して、解麻痺薬の改良版を創り出したところだ。

「麻痺薬の強化版は、今の時期は渡り竜に備えて王都に集まっている。ハイドレンジアにも在庫はほとんどない。ましてや東部になど、あるわけがないか」

クリスが独り言のように考えを口に出す。

「本来なら麻痺薬も安易に使いたくはないのだが、騎士隊ならどうするかということだから、愚かしくても仕方がない。よし」

騎士隊を愚かしいとまで断言してしまう勇気はサラにはない。

「魔物に対する実験と並行して、強い麻痺薬と解麻痺薬の作成が必要だな」

意外とやるべきことは多い。

「薬のほうは薬師ギルドに任せてください。次の渡り竜討伐のために、先に作っておいたと思えば別に問題ないでしょう。使わなかったら返してもらえればいいのです」

カレンの言葉に、サラは腕をまくり上げんばかりに張り切った。麻痺薬は最近作っていないから、勉強と称して作成に参加させてもらうつもりだ。

「カレン、助かる」

「いえいえ、クリス様のためならたいていのことは何とでもしますとも」

クリス親衛隊の本音が駄々《だだ》洩《も》れである。

「では、その間に我らはダンジョンで実験だ」

立ち上がったクリスが、サラの肩をポンと叩いた。

「え、私も薬師として麻痺薬班に入りたいです」

「時間がない。今から出るぞ」

「カレン？」

クリスに背中を押されるサラは、救いを求めるようにカレンのほうを見たが、カレンは諦めなさいというように首を横に振るだけだった。

「ダンジョンはできれば行きたくないんですけど、あー！」

強引で人の話は聞かない、これぞクリスそのものではあるのだが、サラは未練がましく薬師ギルドを振り返った。

せっかく昨日、クリスのことを見直したのに。

だが、東部ガーディニアまでは、馬車で三週間かかる。

しかも出発までは一週間しか時間がないので、実験は早いほうがいい。サラはため息をついて、先を歩くクリスを走って追いかけた。

救いは、ネリーだけでなく、クンツとアレンも協力してくれたことだ。

ハイドレンジアのダンジョンの中で、虫型の魔物を探しては竜の忌避薬と普通の麻痺薬を試すという、苦行でしかない一週間が終わり出発の日を迎えたとき、サラには安堵《あんど》しかなかった。

「今回はわざわざ依頼は受けないってライに連絡してもらったから、仕事でも何でもなくてネリーの付き添いのはずなのに、なんでこんなに疲れる羽目になったんだろう……」

出発間近の馬車の横に立ちながら、サラは隣のアレンに思わず愚痴を言ってしまった。

「ハハハ。なんでだろうなあ」

「もう。アレンだって大変だったでしょ」

明るいアレンに力も抜ける。

「いいや？　だって俺、サラとダンジョンで一緒にいられて、この一週間楽しいだけだったし」

「そ、そうなんだ？」

そう言われるとまあいいかなと思うサラである。

「サラがさ、知らない魔物を見かけるたびに跳びはねるのも面白かった」

「それは最低」

やっぱりよくなかったかもしれない。

「仲がいいのはいいが、そろそろ馬車に乗り込めよー」

見送りのザッカリーに促され、サラもアレンも素直に返事をした。

「はーい」

「俺はあっちだ」

サラはライの馬車へ、アレンはハンター用の馬車へ。
東部まで三週間、楽しい旅の始まりである。

第一章　再会はにぎやかに

馬車は進路を王都方面にとる。南部のハイドレンジアから北上して、途中の町から東の山脈へと向かう。

領主のライがいるとはいえ、王都へのゆるゆるとした貴族の旅ではない。東部に行くハンターの意欲をそがないよう、そこそこのペースで進んでいる。ほとんどが移動だけの旅なので、アレンやクンツなどは草原を駆けまわって、いまだに数が減らないツノウサギを狩り、退屈をしのいでいる。

サラは別にウサギを狩りたいわけではなかったが、馬車に座ってばかりではかえって疲れるので、やっぱり草原を駆けまわり、薬草や麻痺《まひ》草を採取したりしている。

「明日にはベルトラン山脈に入るぞ。この先は三日ほど宿もないので、野営ということになる」

「野営。久しぶりだ！」

サラはうきうきと、ポーチの中のテントを思い浮かべた。

だが、よく考えたら去年のタイリクリクガメの時も野営をしていたので、一年ちょっとぶりでしかない。

「こんな息抜きの旅なら面白いと思えるけど、宿がない狭い山道を進まないとたどり着けないんじゃや、なかなか行く気にはなれないかもしれないね」

「息抜きなのはサラとライ、それにクリスだけだぞ。俺たちは仕事だからな」

あんなに一生懸命、解麻痺薬や、そのほかの準備をしたのだが、それはあくまで念のためであり、サラもクリスも何かの依頼を受けたわけではない。

「準備は頑張ったんだよ」

「もう芯から薬師だよな」

「かっこいいでしょ」

「ああ」

戦わなくても、責任を持って仕事をする自分はかっこいいのである。

ふんふんと鼻息も荒いサラに、アレンが意外な提案をしてきた。

「ところでさ、今晩、一緒に狩りに行かないか？」

「狩り？　ツノウサギは狩らないよ」

「ツノウサギじゃないよ。フレイムバットだ。サラに一度見せておきたくてさ」

「ええと、たしかローザのギルドで見たことがあるような」

アレンとサラがギルドの身分証をもらって、初めて売れる素材を出したときだった気がする。

「山脈沿いにはあちこち洞窟があって、夜になるとフレイムバットはそこから草原に出てくるんだ。だけど、こんなところまでわざわざ狩りに来たりしないだろ」

苦笑するアレンは、叔父さんにわざわざ狩りに連れてこられたときのことを思い出しているのだろう。

「道中退屈だし、せっかくだから、草原の最後の夜に盛大に狩りをしようって皆が言うからさ」

東部に行くより、ハイドレンジアで地道に狩りをしていたほうが正直、収入はいい。だから、今回依頼を受けたハンターたちは、行ったことのない土地に刺激を求めている者か、少しのんびりと狩りをしてみたい者か、いずれにせよ実力と余裕があってハンターを楽しんでいる者たちだ。

「サラが魔物が苦手なのは知ってるけど、魔物も込みでトリルガイアなんだ。いろいろなところに行ってみるみたいに、いろいろな魔物を知っておくのも大事じゃないか？」

「うーん？　そうかも」

何かが違うような気もしたが、夜のお出かけの誘惑を抑えきれず、その日の夕食の後、ハンターたちと一緒に草原に繰り出すことになった。

アレンとクンツを合わせても一〇人程度のハンターたちだが、それぞれが夜の草原に散っていく。

当然のようにライもネリーもいなくなったので、サラの近くにはクリスしか残っていない。

サラはハンターたちを見送ると、直接草原に座り込んで膝を抱えた。クリスがすっとサラの横に立つ。静かな草原は真っ暗で、思わず明かりを求めて天を仰ぐ。

「わあ、すごい星空」

近くに大きな町もなく、あったとしても、日本のように夜に町を明々と照らすことはない。そんな草原の夜は、墨を流したように黒い。空に輝く星は多すぎて、まるで頭上に川が流れているかのようだ。

「それで天の川っていうんだ。こっちに来て初めてわかったよ」

「言い得て妙だな。こちらでは、女神の恵みと呼ぶ。あそこが女神の壺《つぼ》で」

クリスが指さすところで、女神が壺を傾けているのだという。

「それが流れて、あそこで地に落ち、我々に豊穣《ほうじょう》をもたらす」

クリスの指が空を移動し、地面に落とされる。二人の後ろでは、狩りに巻き込まれないようにと置かれた目印のランプが、少し離れたところでほのかに瞬《また》いていた。

「いわれは違うけど、トリルガイアにも星座と物語があるんですね。あれ？」

上空でも星が瞬いているのかと思ったら、そうではなくて、何か影のようなものが高速で星空を横切っている。

「サラ！　出たぞ！」

アレンの大きな声が聞こえたので、サラはちょっとバリアを大きくした。

「ワイバーンをよけるくらいの大きさでいいか。わあ、本当にコウモリみたいな変な動き方をする。うわっ！　なにこれなにこれ」

その影は突然方向を変えてサラの結界に当たるとパッと発火し、燃え上がってそのまま地面に滑り落ちた。

「フレイムバットだな」

「そうじゃなくて！　なんで燃えてるんですか！」

「フレイムバットだから？」

クリスが何の役にも立たない。

アレンが向かった先を見ると、たくさんの黒い影が夜空を不規則に横切り、ところどころでパッ、

パッと炎が上がり、そのまま地面に落ちていっている。

しまいには落ちたフレイムバットの明るさで、今まで見えていなかったハンターたちの姿が浮かび上がってきたほどだ。

「燃え尽きてしまったら意味なくないですか？」

「燃え尽きはしない。ほら、そこの落ちたフレイムバットを見てみるといい」

先ほどサラの結界にぶつかって燃え落ちたように見えたフレイムバットは、特に焦げた様子もなくただそこに横たわっているだけだった。

「相手を攻撃するときや衝撃を受けたときに発火し暴れまわるが、自分は燃えないんだ。だから耐熱性のあるいい素材になる」

「なるほど」

サラはてっきり火を吐いて攻撃する魔物なのだと思い込んで調べもしていなかったので、興味がないのにもほどがあるだろうと思わず自分に突っ込んでしまった。

やがて最後に一つ、夜空に炎が舞うと狩りは終わり、草原の焦げ臭いにおいが風に流されて薄れる中、ハンターたちは落ちたフレイムバットを収納ポーチに詰め込んで戻ってきた。

「人数が多いと楽だな、フレイムバットは」

「うっかり一人でいるときに襲われたらとんでもなく大変だからな」

叔父さんに一人で狩りをさせられたことのあるアレンが、苦笑してハンターたちの話に同意しているのが見えた。

「フレイムバットは一体狩ると大量に集まってくる。こんな感じで普通は集団で狩るんだ」

「そして俺みたいに、離れて戦える魔法師が有利なのさ」

アレンとクンツが満足そうな顔で戻ってきた。思ったように狩りができたのだろう。

「勉強になりました」

サラの結界の周りにも、気がつかないうちに計三体のフレイムバットが落ちていた。

「後ろは気がつかなかったよ」

羽を持って恐る恐る広げてみると、フレイムバットはもう熱くはなく、両手を開いてやっと持てるくらいの大きさだ。大きさの割に軽く、食べられる部分はなさそうに見える。

「怖いとか嫌だとか言いながら、意外と平気だよな、サラは」

しげしげとフレイムバットを眺めていたサラは、クンツの言葉に動揺しフレイムバットから手を離してしまったが、慌てて拾ってポーチに収納した。一応サラの獲物だし、狩った命をおろそかにしてはいけないというネリーの教えでもある。

「違うし。食べられるところがあるのかと思ってただけだし。あー、怖かったなー」

本当かよと疑う視線が痛い。

「残念だが食べられるところはほとんどないんだ」

狩りに消えていたネリーがライと一緒に戻っていて、そう説明してくれる。

「魔の山にもいたんだが、食べられないのではサラの土産にする意味がないからな」

「魔の山にもいたんだ！」

「普通のダンジョンにいる魔物はたいてい魔の山にもいるが、管理小屋付近には強い魔物しかいなかったから、サラの勉強にはならなかったよな。もっとあちこち連れ歩けばよかった」

ネリーが悔やんでいるが、あの当時はそんな余裕はなかったし、そもそも魔の山は学校でも観光地でもない。

「ガーゴイル狩りとかコカトリス狩りとかには行ったもんね」

「あれはうまいからな。楽しかったな」

こう話していると、まるでフルーツ狩りのようだなとサラは日本が懐かしくなり、思わず笑みが浮かんだ口元で振り返ると、ハンターたちが黙ってこちらを見ていた。なんとなく引き気味な気配がする。

「い、いや、その、私は付いていっただけなので、はい」

本当にそれだけなので、引かないでほしいと思うサラの横で、アレンが腹を抱えて笑っていたのは納得いかない。

「いやあ、愉快愉快。馬車の旅はつまらぬものだが、こうしてかわいい娘たちと狩りをしながら進めるとはな」

かわいい娘と狩りとは本来結びつかないものではないのか、とライに突っ込む勇気のある者は一人もいなかった。

次の日、ついに馬車一台分の幅の山道に入る。

街道として土魔法できちんと整備されているので、人通りが少なくても草が生い茂っていたりしないし、道がガタガタいうわけでもない。それでも坂道で馬に負担をかけたくなくて、そして何より山の景色を楽しみたくて、サラは馬車から降りて歩くことを選択した。

馬車もゆっくりと進むから、サラと同様に歩いているハンターたちも身体強化を使う必要もない。上り坂は疲れるが、春真っ盛りの青葉は目に心地よく、爽やかな陽気で汗ばむほどである。

そんな中、そわそわしているのはクリスだった。

「サラ、ちょっと外れないか」

「何からです？」

言葉が足りなすぎていったい何から外れたいのかさっぱりわからない。

「あー、そうだな」

クリスはゴホンと咳払《せきばら》いした。珍しく気持ちが逸《はや》っているらしい。

「植物採集に行くために列から外れないか」

「行きます！」

クリスは、薬草や麻痺草、魔力草など定番の植物以外にも、ポーション類の材料になる植物をよく知っていて、教えてくれることがある。

薬師として、そのチャンスを逃すわけにはいかない。

「ライ、行ってきます」

「おお、気をつけてな」

遅れた分は身体強化をして追いつけばいい。

サラはクリスに続いて、山道から谷側に外れた。

「この木の芽、食べられませんかね。以前、天ぷらで食べたことがあるような気がします」

「テンプラとはあの油で揚げたやつのことか」

ハイドレンジアまで来る途中で、何度かごちそうしたことがあるので、クリスもしっかり覚えていたようだ。

「念のため多めに採取してみたらどうだ。後で精査しよう」

「よし！」

おもに食べられそうなものを探すサラと、薬草になりそうなものを探すクリスと。

夢中になりすぎて、サラがヤブイチゴを見つけて声をあげるまで、後ろにアレンとクンツ、そしてネリーが付いてきてくれていたことには気がつかなかった。

「ひえっ。どうしたの？」

「ほらな、やっぱり付いてきてよかっただろう」

クンツが肩をすくめてクリスのほうを見ている。

「クリスもさ、ネリーがいるのに気がつかないほど夢中になってる。ってことは、サラ、帰り道はわかってる？」

「ええっと」

サラは慌てて周りを見渡した。谷側に下ってきたはずだから、上ればいいはずなのだが、草や木が生い茂り、すでに道がどちらの方向にあるかわからない。サラは自分のことは特に方向音痴だとは思わないが、実はクリスと一緒だからと、何も考えずに付いてきていただけで、帰り道のことなど考えていなかったのだ。

「クリスの様子を見て、ちょっと怪しいなって思ったんだ。頭がいいことと方向感覚がちゃんとしてることは別だからな。ほら」

クンツの指さす先を見ると、目の高さの枝がところどころ折られている。

「あれをたどれば無事に道に戻れる。知らない土地であてになるのは自分だけだぞ」

「うう。はい。ありがとう」

もともとクンツは年上だけど、王都育ちで、山道の歩き方などに詳しいわけがない。だからこそ慎重に、自分がどうしたら迷わないかを考えて行動しているのだろう。

「ちょっと浮かれてました」

「そうだな。実際、楽しいしな」

身の丈に合わない依頼でもないし、道中はのんびりと、お互いよく知っている気の合う仲間との旅だ。昨日のフレイムバット狩りのように、滅多にないイベントもある。はしゃいでしまうのは仕方ないにしても、山道ではちょっと慎重になるべきだった。

「クリス」

「ネフ？」

しゃがみこんで足元の植物を観察していたクリスが、ネリーに声をかけられて驚いて立ち上がった。クリスがネリーに気がつかないなんて本当に珍しいとサラは驚いた。だが、不思議なことに、いつもクリスをうっとうしそうに振り払うはずのネリーの視線が、いつもより柔らかなような気がする。

「そろそろ戻ってはどうだ」

「ああ。そうだな」

伸びをするように上を見るクリスにつられて空を見上げると、太陽は真上近くに来ていた。

「こんな時間か。サラは！」

慌ててサラを捜すクリスを見ると、少なくとも連れてきたサラに責任を感じてくれていることだけはわかる。

「ここでーす」

二人して夢中で、時間が過ぎるのにも気がつかなかったことに笑うしかない。せめてお互いに見えるところにいてよかったと胸をなでおろす。

だが、だからといって、見つけたばかりのこのヤブイチゴの茂みを残しておくのはもったいない。

「急いでヤブイチゴだけ採っていってもいいですか」

食いしん坊だとあきれられるだろうかと思ったが、アレンがすぐに手を挙げた。

「手伝うよ。ジュースになるんだろ？　あとでごちそうしてくれよ」

ワイワイ言いながらヤブイチゴを採り尽くして戻ると、お昼の支度はすでに終わっており、ちょっと叱《しか》られたのはいい思い出である。

それからは道を見失わないように気をつけながら、時には大きなイモムシに声をあげ、知らない植物を観察したりしながらも、楽しい旅が続く。

馬車がすれ違えるようにに時折広い場所があるとはいえ、二泊の山道ですれ違った馬車はたったの二台で、収納袋があるから見かけよりはたくさんの荷物がやり取りされているはずではあるが、人の行き来は本当に少ないのだなと思わされた。

ブーンと体長が頭ほどもあるハチやアブが飛んでいたときにはめまいがしそうになったが、ダンジョンでなくてもとにかく虫が大きいという覚悟だけはしっかりできたのは幸いである。

峠を越えても、上ったり下ったりしながら続く山道を抜けると、馬車がゆっくりと止まった。馬車の中で少しうとうとしていたサラははっと目を覚まし、何事かと窓から顔を出すと、そのまま固まってしまった。

「緑の海だ……」

木々の切れ間からのぞく東部の大地は、一面緑の平野に、ゆったりと川が蛇行して流れているのが見える。よく見ると、きれいに整地された畑がそこかしこにあり、街道がそれをきれいに区切っている。町のそばにだけ農地がある、王都やハイドレンジアとはだいぶ違う景色だ。

どうやら景色のいい高台に休憩場所があるらしい。

「これがラティの嫁いだ土地か。ツノウサギがいないだけで、こんなに農地が広げられるんだな」

ライが感慨深そうだ。

「薬草とかもたくさん生えてそうですね」

「私とサラは、問題がなければ薬草採取もいいな」

今回、何の依頼もないクリスは、いつもよりのびのびと自由に振る舞っているように見える。それをわがままに感じないのは、楽しい旅の効果であるのかもしれない。

そのサラの眼前に、すいーっと大きな影がよぎる。

「わあ、大きな鳥だ！　いや待って」

サラは魔の山で学習している。鳥のように見えたからといって、空を舞っているのが鳥とは限らないことを。

「いや、さすがにワイバーンはいないはずだし、渡り竜のすみかももっと南のはず。だったらこれは？」

ビィーンと弦を弾《はじ》くような音を立てて弾丸のように目の前を通り過ぎていく大きな生物。衝突したら馬車に穴が開きそうだが、見上げてみると、空には何匹も飛んでいる。

「トンボ？」

「そうだ。ハイドレンジア近辺ではあまり見かけない生物だな、珍しい。魔物ではないからダンジョンでも見かけないしな。色からしてムラサキヤンマだろうか。アブやハチなど、害虫を食べてくれる良い生き物だ」

「そうですよね。ただ、ニジイロアゲハくらい大きいだけですよね。ひえっ」

まるでクリスの言葉を裏付けるかのように、一匹のトンボが大きなハチを捕まえてかじりついた。良い生き物でも大きければ怖い。何かを捕食していたらもっと怖い。ガーディニアではバッタには本当に気をつけようと決意を新たにするサラである。

「そういえば、トンボってドラゴンフライっていうんだったかな」

「竜のような羽虫ということか。興味深い名づけだな」

サラが何気なく漏らした言葉を、クリスが聞き取って興味を示してくれた。

「竜に似てるから、というより、不吉な空飛ぶ虫、という意味だったような？　でも私の国では好きな人が多かったですよ。大きさはこのくらいでしたけど」

サラの記憶もいいかげんである。そしてサラが人差し指と親指で示した寸法に、クリスはあきれたという顔をした。

「そんなに小さな生き物ばかりでは、ろくに道も歩けまいに」

「確かに大きければよけるのは楽ですよね」

クリスの視点が逆に面白いサラである。

「竜の名前を持つ羽虫、か。サラ、トンボはサラの国では何の仲間だ？　体が三つに分かれていて、脚が六本。これもニジイロアゲハの仲間ということでいいか？」

さすがクリスである。サラが少し特徴を説明しただけなのに、もう理解している。

「はい、そのとおりです」

「ということは、実験対象ということになるな。だが、ここはダンジョンではないし、トンボは魔物でもなく、民の役に立っている生物。どうするか」

麻痺薬と竜の忌避薬が、虫型の魔物に効くかどうか。この間まで、ハイドレンジアのダンジョンでやっていた実験だ。サラは実験のことなど頭からすっぽり抜けていたので、冷静なクリスに感心するしかない。

「ムラサキヤンマの体が気になるのなら、麻痺薬を使った後、解麻痺薬を使ってやればいいだろう」

ネリーの一言で、急きょ実験が決まった。

「クンツ、いいか。あいつらはヘタをすると魔物より動きが速い。直接当てる必要はないから、たくさん飛んでいるところの上で破裂するように撒《ま》いてくれ」

「はい。まずは忌避薬からですね」

屋台などで使われているのと同じ、すぐに壊れる素焼きの壺に、竜の忌避薬を移し、それをクンツが風魔法をまとわせてトンボの上で破裂させるというやり方だ。

サラは密閉された忌避薬の瓶から、一滴もこぼさないように素焼きの壺に移して蓋《ふた》をすると、クンツに手渡した。それでも手のひらには花のようないい香りが残る。

この作業をするとき、サラは必ず手のひらの匂いをすんと嗅いでしまう。いい匂いだ。

「虫には効かないんだよなあ。もったいないけど、そりゃ！　ああ、意外と低い！」

クンツが風の魔法をまとわせた小さな壺は高く上がったものの、思ったよりトンボが高いところを飛んでいたようで、下のほうを飛んでいた一匹のトンボにしか届かなかった。

「仕方ない！　割れろ！」

魔法を攻撃に使ったことのないサラにはどういう仕組みかわからないが、壺は空中でパンと四散した。トンボは驚いたように飛ぶ高さを変えたが、なにか影響を受けた様子はまるで見られない。

「やっぱり効きませんでしたね」

竜の忌避薬というだけあって、ダンジョンの中でも、虫ではないムカデにでさえ効かなかったし、なんならツノウサギにもヘルハウンドにも効かなかった。その代わり、忌避薬の実験をしていると、かなり遠くのワイバーンでさえ逃げていったのには驚いたものだ。

「じゃあ次は麻痺薬、ひっ」

「うわっ！」

「なんだあれは！」

ビィーンという音が空に響き渡ると共に、忌避薬のかかったトンボに他のトンボが群がっていく。

当然それを許すはずもなく、忌避薬のかかったトンボは素早く群れから抜け出し、そのトンボを追って大量のトンボが空を移動するという、見たこともない光景が目の前に繰り広げられている。

いったい何匹集まってきたのか、冬のムクドリのように真っ黒い群れが次々と形を変えては遠くへと過ぎ去っていった。

サラもぽかんと口を開けてその光景を見上げていたが、人生経験の長いライもネリーも、魔物に慣れているハンターたちでさえも同じように呆然《ぼうぜん》と空を見上げていた。それだけ珍しい光景だったのだろう。

一人冷静なのはクリスだ。

「トンボは竜の忌避薬を好むのか？　竜とはまるで正反対だ。ワイバーンなど、たった一滴の忌避薬にさえ反応して逃げ出すのに」

先ほどサラが思い出していたのと同じことをクリスも思い出していたようだ。

いや待て、たった一滴の忌避薬？

サラは思わず、自分の手のひらを眺めた。手のひらからは、花のようないい匂いがする。

「ま、まさかね」

トンボたちの饗宴《きょうえん》にまぎれて自信はないが、先ほどから、ビィーンという音が背後から聞こえてはいないか。

「サ、サラ」

そう呼んだ声は誰のものだっただろう。

「バリア！」

後ろを振り向いている暇などない。それはただの勘だったが、サラは思い切ってバリアをパーンと広げた。ちょうどフレイムバットの狩りを眺めた夜と同じように。

ガン、ガンとまるで岩石がぶつかってくるような衝撃がなんとなく伝わってくる。

「ひいっ。この勢いなら、ツノウサギなら首が折れてる。なんならワイバーンでも首が折れてるくらいの衝撃なんだけど」

サラは恐る恐る振り返ってみた。

ガン、ガンと至近距離からぶつかって弾かれては戻ってくるのは何匹ものトンボで、衝撃をものともしない虹色に光る複眼はまっすぐにサラを見ているような気がした。そのギザギザの歯は、どう見てもサラの頭など一口で食いちぎってしまうだろう。

「に、においも、遮断する！　バリア強化！」

ビィーン、ビィーン。トンボたちはその場で戸惑ったようにホバリングすると、やがてふいっと飛び去っていった。

「サラ、急いで手を洗え！　そして薬草を手に揉《も》み込め。匂いがまぎれるだろう」

「は、はいー」

「俺も。俺も匂うような気がします」

「もちろん、クンツもだ」

手を洗い終わった後も、しばらくはいつもどおりバリアを小さくするのは怖かったし、バリアを小さくした後も、トンボが通るたびにびくびくしたのは仕方のないことだった。

「東部、魔物がいなくても怖い……」

「びっくりしたよな。トンボは俺のこぶしでどこまで通用するか。いや、魔物じゃないから狩ってはいけないいんだった」

やはりトリルガイアは油断のできない国だ。だが、サラにとっては心臓が凍るような出来事も、アレンにとってはしょせんこの程度なのである。

それでやっと力が抜けたが、旅の楽しい思い出というには強烈すぎる出来事だったのは確かだ。

山を下りてしばらく街道を歩くと、どこまでも平らな土地に農地が広がっている。

その景色を楽しみながらも、薬草を探し求めるサラの目には、街道沿いの草むらはお宝だらけに見えた。

「クリス、これ……」

「ああ。薬草、上薬草だけじゃない」

「麻痺草、それに魔力草」

サラはクリスと目を見合わせると、こくりと頷《うなず》き、同時に馬車から飛び降りた。

「では後でまた！」

「走って追いつきますから！」

やれやれという顔でネリーとアレン、そしてクンツが護衛に付いてきてくれたことに、またしても気がつかなかったサラとクリスである。

「すまない、ネフ」

「いい。たまには立場が逆転するのもいいだろう」

シュンとするクリスと、その肩を楽しげに叩《たた》くネリーというめったに見られない光景にサラは目を丸くする。

「あのね、ネリー」

「なんだ？」

馬車に戻ってきてもどこか楽しそうなネリーに、サラは思い切って尋ねてみた。都合のいいことに馬車の中にはサラとネリーの二人しかいない。

「なんだか、いつもよりクリスに優しい気がするんだけど」

「クリスにか？　まさか」

ネリーはサラの質問を笑い飛ばした。

「優しいと言われると違うとしか言いようがないが、だが、この旅のクリスは普段のクリスより好ましいと思うぞ」

「好ましい」

それは好きだということだろうか。サラはちょっとドキドキした。

「あやつは勝手なようでいて、薬師としての仕事に対しての責任感はある。それと、自分で言うのもなんだが、私には真摯《しんし》でいてくれる。ローザでのサラの件ではあてが外れたが、それは私が悪かったからでもあり、基本的には信頼のおける男だ」

クリスがネリーに一生懸命だということはちゃんと理解していたのだなあとホワホワとした気持ちになる。だがネリーの言うことは厳しかった。

「だが、冷たいことを言うようだが、自分を二の次にして、私に尽くされても息苦しい。この言い方でサラに伝わるだろうか」

「うん、なんとなく」

恋愛経験値という意味ではサラもネリーも大差ない。

「今回は仕事がないせいか、クリスはとても自由に、自分のやりたいことをやっている。それこそ私のことなど眼中にないこともある。だからこそ、クリスのことを初めてゆっくり眺められた気がする。いつもと逆だな」

ネリーが珍しくクスクスと笑った。

「改めて観察してみると、変わった奴だよな、クリスは」

「ほんとそう。ようやっとネリーも気がついてくれたんだね」

いつの間にか恋愛話ではなくなってしまったが、クリスのどこが変わっているか二人で仲良く数え上げていると、ふと放課後に友だちとおしゃべりしているみたいだなと思う。サラの体が弱くて、やりたくてもできなかったことがこうしてこの世界でできていることを、不思議だなともありがたいなとも思うサラである。


それからいくつもの小さな町を通り過ぎて、一週間ほど経《た》って、いよいよ目的地ガーディニアの町にたどり着いた。

山脈を越えての行き来こそ少なかったが、一度東部に入ると、よく整備された街道では、人や馬車の往来は王都付近より多いように思えたほどだ。

「街道には結界が張られているとはいえ、王都もローザもハイドレンジアも、あまり自分の町から出る人はいなかったように思うんだけど、魔物がいないってこういうことなんだね」

サラは馬車から左右を眺めて、街道どころか草原に踏み込んで走り回っている子どもたちにハラハラする気持ちを隠せない。

「大丈夫だってわかっていても、ツノウサギが出るから行っちゃダメって叫びたくなっちゃう」

「確かにな。特にローザでは考えられないことだな」

ローザでは、ハンターギルドのある第三層でさえ子どもの姿を見ることはまれだった。

「華やかさはないが、人々の顔は明るい」

ライがガーディニアの町並みを見て、ポツリとつぶやいた。

「伝統的な背の低い建物に、広い敷地。ハイドレンジアも王都に比べればゆったりした土地だが、それでももう少し人がせかせかしている。ラティは良いところに嫁いだな」

ガーディニアの町中に南側から入り、ゆっくりと馬車を走らせると、東側が領主館のある場所だ。

「王都みたいに貴族街になってるんだね」

「道も家も広いし、庭も整備されていて広い。まるで別の国に来たみたいな気がする」

道の突き当たり、ひときわ大きい屋敷が領主館なのだろう。来た人を両手を広げて歓迎するかのように開放的な門の造りだが、門番がいて、そこで馬車がいったん止められた。

「ラティーファ、いや、領主夫妻から招かれた、ハイドレンジア一行だ。私はライオット・ウルヴァリエ」

「奥様のお父様ですな。その燃えるような髪の色、すぐにわかりましたぞ、はい。少しお待ちくださいませよ」

丁寧なのかそうでないのかよくわからない年を取った愉快な門番は、すぐに屋敷に使いを出した。

「ちょうど王都からもお客さんがいらしてましてな。奥様もお館《やかた》様もてんてこまいですて」

「ほう。王都から。やはりクサイロトビバッタの関係か」

面白そうな話に、ライも身を乗り出す。門番は屋敷のほうを見ると、内緒話をするようにライのほうに顔を近づけた。もと騎士隊長で現領主のライに、そんなふうに親しげに振る舞う領民はハイドレンジアではさすがにいないので、ライの口の端が面白そうに上がっている。

「いんや、それだけではねえです。王都の貴族のボンボンが何人か、討伐名目で騎士を連れてやってきていましてなあ。役にも立たねえのに」

そんなこと言っていいのだろうかと、サラは馬車の隅で身を固くした。

「それはもしや」

「はい。招かれ人様目当てですて。ま、名目だけじゃない、本当の騎士様方もいらしてますがね」

サラはひえっと声を出しそうになり、慌てて口を押さえた。だが、目当ての招かれ人とはサラのことではないはずだ。

「ほう」

ライはもうニヤニヤする口元を隠しもしなかった。

「なんでも、ローザに落ちた招かれ人様は、もう王都の宰相家が確保しているとかで」

確保されてないから、とサラは大きな声で言いたい気持ちである。

「アン様と、ああ、当家の招かれ人様はアン様とおっしゃるんだが、年回りの近い貴族の坊ちゃまがたが送り込まれてきたんですよ。それこそ招かれ人に招かれざる客ってわけでさあ、ブッフォ、ゲホゲホ」

「お、おう。そうなのか」

さすがに戸惑うライを置き去りにして一人笑い転げている門番はどうかと思うが、いきなり貴重な情報が盛りだくさんである。

それにしても、ライのことを聞いているなら、ネリーやサラのことも聞いていておかしくないはずなのだが、いったいどうしたことか。

「そういえば奥様の妹様がお二人おみえなさると聞いたが、あとから参られますかね」

サラは思わずネリーと顔を見合わせ、お互いに口を閉じたまま指をさして確認し合った。

妹二人？　つまりネリーとサラのことをそう伝えた？

「奥様にそっくりな妹さんだと聞いて、屋敷の者もガーディニアの皆も楽しみにしてるんでさあ」

ネリーがああ、という顔をしてこめかみに指を当てた。

「姉様、変わってないな」

「そのようだな」

「どういうこと？」

ネリーとクリスにひそひそと尋ねるサラの耳に、ネリーが口を寄せた。

「姉様にとって、どうやら私はいつまでも小さい……」

「さあ、皆様！　そのままお屋敷にお進みくだせえ！」

ネリーが最後まで言い終えないうちに、門番の大きな声がした。屋敷から使いが戻ってきたようだ。

「ネリーのお姉さんに会うのも緊張するけど、招かれ人に会うのも緊張するなあ。あ！」

サラは今ごろ気がついて大きな声をあげた。

「どうした？」

「私とクリスは途中で薬草採取していたからよれよれだし、ネリーはハンターの服だし、途中で着替えてくればよかったんじゃない？」

「考えないでもなかったが、私たちの身だしなみのためにハンターの皆を待たせるのもどうかと思ってな」

「それはそうだよね。じゃあせめて」

サラは慌てて服のしわを伸ばし、髪を整える。普段から領主のライの前でも、クリスと同じ薬師のローブだし、礼を失するということもないだろう。

話している間に、馬車は屋敷の玄関に着いたようだ。

普段なら自分からひょいっと降りてしまうライが、ちょっとおどけた顔で馬車の扉が開くのを待っていて、サラとネリーはクスクスと笑ってしまう。

外から扉が開けられると、ライがゆっくりと馬車から降りた。

「お父様！」

「おお！　ラティ」

すぐに再会の喜びにあふれた声が聞こえた。ハグをしている気配がする。

「私のかわいいネフェルは？」

「今すぐに」

その女性らしい落ち着いた低い声にネリーが立ち上がり、伸ばされたライの手に手を重ね、ゆっくりと馬車を降りていく。

「ああ！　ネフェル！　私のかわいい妹！　変わらないわね」

「姉様こそ、お変わりなく」

その声を聞きながら、サラもライの手に手を重ね、静かに馬車を降りていく。クリスはサラの後だ。アレンとクンツはハンターの馬車に乗っている。

サラはまず、ネリーを愛《いと》しそうに見上げている背の低いご婦人に目が引かれた。ネリーと同じ、日に映える明るい赤毛の美しい人だ。目じりの笑いじわを見れば確かにネリーよりは年上なのだろうが、くるくるとしたおくれ毛が顔と大きい緑の目を縁取る愛らしい顔立ちは、四十代後半とはとても思えない若々しさだ。

「お姉さんも美魔女か」

思わず小さい声でつぶやきながらその隣を見ると、男性にしては小柄な、茶色い髪に同じ色の口ひげを蓄えた五十代前半と思われる男性が温かい目で姉妹を見守っている。

これがネリーの姉であり、ご領主夫妻なのだと納得できる気品がある。そしてその周りに目をやったとたん、サラは思わず一歩下がりそうになった。

領主夫妻だけでなく、貴族や地元の名士と思われる身なりのいい人たちがぞろぞろと屋敷から出てきていたからだ。

ある者はネリーを見て、そしてある者はサラを見て、またある者は後ろのクリスを、あるいはぞろぞろとハンターが降りてきた後ろの馬車を見て、歓迎というよりは驚きと戸惑い、そして値踏みをその目に浮かべているように見えた。

「えっと、やっぱり着替えてくればよかったかな？」

サラの小さなつぶやきに、クリスも小さい声で答えてくれた。

「我らは薬師のローブを着ている。それなのに見た目で判断する者は、それだけの者だということ。さあ、覚悟を決めて胸を張れ」

「覚悟が必要ならもっと前に言ってくださいよ」

今言われても困ると思うサラは、ふと違和感を覚えた。

違和感のもとを探って目だけを動かすと、それはご領主の後ろにあった。

迎えの大人の中に、居場所がないようにひっそりとたたずむほっそりとした小さな姿。

もともと癖のある髪なのかもしれないが、きれいに巻かれて肩にふんわりとかかり、膝より少し長めのワンピースは上品なフリルで縁取られている。日本風の顔立ちではあるものの、大事にされている貴族のお嬢さんという印象である。

隣でクリスがごくりと何かを呑《の》み込んだ。

「なんと。つまりあれが本来の招かれ人か。確かにこれでは、魔物が怖くて小屋から一歩も出られまい……」

これはローザで聞いたことがあるセリフだ。サラは半笑いになりながら、その後を引き継いだ。

「いや、ここに魔物はいませんよね。そして、黒髪の、華奢《きゃしゃ》な美少女、でしたっけ」

ネリーが魔の山の山小屋に残してきたという、招かれ人の少女の説明だ。

「実在したんですね。というか、ネリーには私がこう見えていたの？」

本来の招かれ人とはどういうことかとクリスを問い詰めたい気持ちもあったが、まずは自分との違いが衝撃的でそこまですることができなかった。

「確か、よしかわ、あんずちゃん」

自分の名前が聞こえたのだろう、その黒髪の少女ははっと顔を上げてサラを見た。サラは安心させるようにニコッと笑ってみせた。

驚いたように両手で口元を押さえた少女の声は、子どもらしい細くてかわいらしいものだった。

「私の名前をちゃんと言えた？　ああ、まさか……」

「声まで美少女だよ」

思わず突っ込んだサラだが、その少女はプルプルと震え出した。

「信じられない……」

「ど、どうしたの。いや、大丈夫？　ああ！」

そしてサラの目の前で、まるで貧血を起こしたかのようにそのままくたくたと地面にしゃがみこんだ。

次に挨拶をしようと様子をうかがっていたらしい領主が、慌てているサラとクリスの視線を追って振り向いた。そしてすぐに少女に駆け寄る。

「アン！」

「アン？　まあ」

領主夫人も慌てて少女のそばにかがみこむ。

「大丈夫です。ちょっとふらっとしただけなので」

大丈夫と主張する少女の顔色は真っ青だ。サラが思ったとおり貧血なのかもしれない。

慌てておろおろしている領主夫妻のそばに、すっと近寄ったのは背の高い青年とそれよりは小さい少年の二人だった。少年はすぐにかがみこんで少女の顔色を確認すると、てきぱきと指示を出す。

「今日の天候では外は少し暑いと思います。屋敷の中で、少し横になっていたほうがいい。兄さん、お願いします」

「ああ。失礼する」

青年は少女を抱き起こすと、そのまま抱き上げた。

「おお、お姫様だっこだ」

「注目すべきはそこではないだろう。なぜあの二人がここにいるかだ」

「ですね」

二人に対する懐かしさとあきれと何ともいえない気持ちをごまかすかのように、小さい声でコソコソやり取りをしているサラとクリスのほうを振り返ったのは、ノエルだった。

「サラ！　クリス！　お久しぶりです」

なんの隔意もない満面の笑みに、サラも思わず笑みがこぼれて手を振った。

「さてさて、お嬢さんを早く屋敷の中に連れていってあげなさい。そしてラティ、エドモンド。我々も中に入ってもいいかな」

「もちろんですとも」

ライの一言で、招かれ人との衝撃の出会いから、なし崩しに屋敷に入れることになった。

サラも倒れた少女のことが心配ではあるのだが、まだ紹介されてもいない者がしゃしゃり出るのも違うだろうと思って黙っている。それに具合の悪い人という意味でいえば、クリスに見てもらったほうが確実だ。

そしてクリスがいるとわかっているのに、さっと前に出て具合の悪い人の様子を確認できたノエルのことをすごいなと感心したりもしたのだった。

「彼女の部屋に案内を」

すぐに部屋に寝かせに行こうとしているリアムを制したのは少女自身だった。

「いえ、私もここにいたいです。申し訳ありませんが、ソファに連れていってもらえますか」

リアムにはっきりとものが言えるくらいなら大丈夫かもしれないと、サラは胸をなでおろした。

自分だったら、抱っこされた時点で大慌てすぎて何も考えられないし、何も言えなくなってしまうと思う。

そう、倒れた少女のもとに駆け寄ったのは、リアムとノエルのヒルズ兄弟だった。

「皆様、申し訳ありません。私の妹については、晩餐《ばんさん》の折にでも改めて紹介いたしますね」

領主夫人の、家族だけにしてほしいという遠回しの願いに、集まっていた人たちは少しずついなくなった。中には、なぜヒルズ兄弟だけが許されているのだという視線もあったように思うが、少女が倒れたときにすぐに対応できたのがこの二人だったのだから仕方がないと思う。もっとも、これだけの人数の客を屋敷に滞在させているのかと思うと、どれだけ広くて豊かな家なのかと驚くしかない。

「すみません、久しぶりにご家族に会えたのに、台無しにしてしまって」

鈴の鳴るような小さな声で謝罪したのは招かれ人の少女だ。

「いいのよ。久しぶりに家族に会えるのが嬉《うれ》しすぎて、体の弱いあなたを外に連れ出してしまった私が悪いの」

領主夫人がソファに寄りかかった少女の膝を優しくぽんぽんと叩く。

その様子を所在なげに眺めながら、サラは、女神は丈夫な体を作ってくれなかったのだろうかと不思議に思う。

「台無しなどということはまったくないが、私たちにもそちらの可憐《かれん》な方の紹介をしてくれないか、ラティ。ちなみに」

いつまでも進みそうにない状況に、ライがてきぱきと話を進めてくれた。

「私はライオット・ウルヴァリエ。ラティーファの父親で、ハイドレンジアの領主をやっている。こちらは娘のネフェルタリ。ラティの妹で、同じくハイドレンジアのハンターギルドの副ギルド長をやっている」

ライは少女に向かって、優しいながらもはっきりした口調で自己紹介を始めた。

少女は一生懸命紹介を受け止めながらも、ネリーのところで驚いたように目を見開いた。

「この方が、ラティの妹さん……」

「ネリーと呼んでくれ」

ネリーは微笑《ほほえ》みとわかるように、一生懸命口の端を上げている。

「こちらはクリス。王都とローザの薬師ギルド長を務めていた、優秀な薬師だ」

「今は流れの薬師をしている。クリス・デルトモントだ」

「キーライ先生からお話は聞いてます」

「それは重畳《ちょうじょう》」

クリスは特に笑顔を見せたりしなかったが、硬い印象にならないようにいつもより優しい口調だ。そしてどうやらクリスの恩師が、招かれ人の体調を見ているらしい。

「そしてこちらが、招かれ人のイチノーク・ラサーラサ。薬師としてハイドレンジアで活躍中だ」

ライの説明は簡潔でよいなと思いながら、サラは一歩前に進んだ。

「名前はサラサだけど、サラと呼ばれています。六年前に魔の山というところに落とされて、それからずっとネリーにお世話になっているの。いろいろあって今は薬師です。その、よろしくね」

サラはおずおずとその少女に両手を差し出した。握手やハグでは日本人としてお互い戸惑うだろうし、でも、お辞儀で終わらせるのはあまりにも距離がありすぎるように思ったからだ。

少女もおずおずと手を伸ばしてきたので、サラはその手を両手で包んでそっと上下に振った。

薬草採取で野外にいることの多いサラの手は、少女の真っ白な手と比べるとずいぶん日に焼けている。

「あ……。私、吉川杏子《よしかわあんず》です。ヨッシーとか、あんずとか呼ばれてました」

「ヨッシー。アハハ、わかるー」

吉川はヨッシーと呼ばれがちだ。サラは日本を思い出し、楽しくなって思わず噴き出した。

対照的に、少女は目に涙をため、唇を震わせた。

「うう……。ぐすっ」

「ひえっ。大丈夫？」

なにか意地悪だっただろうか。自分がガサツなタイプだと思ったことはなかったが、目の前の繊細な少女がダンジョン深部にしか生えないギンリュウセンソウだとしたら、自分はどこにでも生える薬草くらい丈夫であることは間違いないとサラは思う。そして、そのたとえがすっかりトリルガイアの人になってしまったなと現実逃避してしまうくらいに戸惑っていた。

だって、泣きそうな女の子をいったいどうしたらいい？

「まあ、泣かないで」

その時、少女を守るかのように、ラティーファが少女を抱き込んでサラを見上げた。サラが思わず一歩、二歩と下がってしまったくらい、その視線には非難がこもっている。

サラは降参するように両手を上げて、さらに一歩下がって距離を取った。誰かに近距離で敵意を向けられるのは正直つらい。ましてその人が自分の大事な人の家族ならなおさらだ。

「あー、すみません。意地悪なことを言ったつもりはなかったんですが」

「あなたはもうこちらに来てから六年も経ったんでしょう。この子はまだ半年なのよ。もう少し思いやりというものを持ってもいいんじゃないかしら」

よほど腕の中の招かれ人のことをかわいがっているのだろう。まさにわが子を守る母親のような勢いだった。

サラはもう少しうまくやれなかったかと思いもしたが、同時にひどく胸が痛んだ。なぜここまでやってきた自分が、たったこれだけのことで責められなければならないのだろう。

そんなサラの肩《かた》に、そっと誰かの手が置かれた。

「ネリー」

ネリーは優しく微笑むと、サラの肩に手を回したまま、ラティーファのほうに強い視線を向けた。まるで睨《にら》んでいるかのように見えたほどだ。

「姉様。サラに謝罪してください」

「ネフェル……。どういうことかしら」

ラティーファは何を言っているのかわからないというように首を傾《かし》げた。

「わからないのですか。姉様は年を取ってずいぶん愚かになったのですね。がっかりしました」

「まあ！」

ラティーファも驚いただろうが、サラも驚いた。ネリーが誰かにこんな厳しい言い方をしたのを初めて聞いたからだ。

「サラは薬師で、毎日ハイドレンジアの薬師ギルドで真面目に働いています。その仕事を休んでまで、ここガーディニアに来たんですよ。その行動のどこに思いやりがないなどと言えるのですか。ここに来て六年と姉様は言いますが、たったの六年ですし、サラもまだ一六歳の少女なんです。それに」

ネリーがそんなに長く話しているのも珍しい。

「魔の山に来て半年、その頃のサラは、毎日私のいた管理小屋で家事をし、家を整え、薬草を採り魔法の訓練に励んでいましたよ」

「まほう」

小さな声でつぶやいたのは小さい招かれ人だ。どうやら涙は止まったらしいとサラはほっとする。

「それは、その子の場合はそうかもしれないけれど」

一方でラティーファは、腕の中の招かれ人をいっそう大切そうに抱き込んだ。まるで自分の招かれ人は特別だとでもいうかのように。

「姉様、もう一度言います。わざわざここまで来てくれた招かれ人のサラに、来てすぐに友好を深めようとしてくれたサラに、謝罪を」

自分のかわいい子を泣かせた人に謝りたくなどない、ラティーファのきゅっとすぼめられた口はそう物語っていた。

「そうですか。では私たちはこれで帰ります。姉様、久しぶりに元気なお顔を見られてよかったです」

ネリーは低い声でそう言うと、サラの向きをくるりと変えさせ、そのまま玄関のほうに背中を押す。

「ネリー……」

「さあ、帰ろう。嫌な思いをさせて悪かったな」

「でも」

「では、私も帰るかな。流れの薬師は風の吹くままに」

すぐにクリスが肩を並べてくれる。そこは風じゃなくて、ネリーが吹くままにでしょと思わず突っ込みそうになり、あまりにもいつもどおりの二人の態度にふわりと胸が軽くなる思いがした。

それで初めて、思った以上に自分が傷ついていたのだと自覚する。

来てすぐに帰るなんて失礼なことだけれど、自分の心を守るためにはそれも仕方がない。サラは顔を上げて前を見た。

「離して！　離してください！」

その時背後で聞こえたのは、招かれ人の少女の声だった。

「アン、落ち着いて」

なだめるようなラティーファの声がする。

「私は大丈夫です。そして待って！　お願い、サラサさん！」

サラサと久しぶりに呼びかけられたサラは、思わず足を止めた。

「ごめんなさい！　泣いてしまって本当にごめんなさい！　私、つらくて泣いたんじゃないの！　意地悪なんて何もされてない」

つらくて泣いたんじゃない？　それではなぜ涙ぐんだのだろう。

サラは思わず振り返ろうとしたが、肩に回ったままだったネリーの手に、そうはさせないというように止められた。

「アン、あなた」

「ごめんなさい！　行かないで……」

ネリーに止められても、その一生懸命な声には応えるべきだとサラが踵《きびす》を返そうとした瞬間、ふうっというラティーファのため息が聞こえた。

「イチノーク・ラサーラサ。せっかく足を運んでいただいたのに、失礼な態度をとって申し訳ありませんでしたわ。心からお詫《わ》びいたします」

サラがネリーを見上げると、ネリーがやっと頷いた。

サラはその場でくるっと振り返ると、

「謝罪を受け入れます」

と答えた。

招かれ人の少女は、青い顔でサラのほうに歩きだそうとして、ラティーファに止められていたようだ。その体勢のまま、少女は必死に言葉をつむいだ。

「私、ただ、嬉しかっただけなんです」

「嬉しかった？」

何が嬉しかったのだろうとサラは首を傾げた。

「ヨッシーって、友だちみたいに呼んでもらって。くだらないことで笑い転げる、そんな会話ができたから」

少女の目にまた涙がぷくりと盛り上がった。

「この世界でそんなノリで話せる人がいたことが、嬉しかったの」

「そっか、うん」

意地悪に感じたんじゃなくて本当によかったと、サラはほっとする。それでも、ラティーファの腕の中にいる限り少女にはちょっと近づきたくない。

「まったく、大事だからと囲い込むのは姉様の悪い癖ですよ」

「ネフェル……。でも」

「でもじゃありません。サラもそちらのアンズーとやらも、どちらも招かれ人なんですよ。大事にするのは二人ともであることを忘れないでください」

「あの」

少女はそんな会話をする二人に思い切ったように話しかけた。

「私が誤解させるような態度をとったからいけないんです。めそめそしてごめんなさい。サラサさんを呼んでくれてありがとうございます」

「アン。なんていい子なの」

「うちのサラももちろんいい子です」

むっとしたようなネリーを見上げ、ラティーファは目元を緩めた。

「まさかネフェルと子どものことで張り合うことになるとは思わなかったわ」

「張り合ってなどいません。サラがかわいくていい子なのは単なる事実です」

「まあ。ホホホ」

ラティは今度こそ声を出して笑うと、サラのほうにきちんと体を向け、丁寧に頭を下げた。正面から向き合ってみると、ネリーよりはだいぶ背が低いが、サラよりは高いので、少しばかり見下ろされる感じになると気づく。

「失礼な態度をとって本当にごめんなさい。ネフェルの言うとおり、あなたもまだ一六歳だということをちゃんとわかっていなかったみたい。来てくれて本当に感謝します」

今度の謝罪は心からのものだったので、サラもほっとする。

だが、ラティーファに笑顔を返すほど心を許すことはできないと感じた。

今の謝罪も、サラを尊重したように見えて、そうではない。怒っているネリーに配慮しただけだ。

彼女の招かれ人が何かのきっかけで、泣き出したり倒れたりすることがあれば、またサラのことを責めるような目で見る気がする。そんなのは一度だけで十分だ。

「さあ、アン。誤解が解けたのなら、一度部屋に戻って休んだらどうかしら。大きな声を出して疲れたでしょう」

「いいえ。私はここにいます」

「でもね……」

「ここにいたいんです」

サラは二人の会話に、聞いていた話と違うと思わざるをえなかった。

サラに来た手紙には、部屋からもめったに出ることがなく、窓の外を見てため息ばかりと書いてあったはずだ。部屋に戻ろうと言われて拒否しているこの子が、そんな子だろうか。

「ねえ、聞いてもいい？」

サラは、かかわりたくないと思いながらも、つい声をかけてしまった。

そしてやっぱり、ラティーファからきつい視線を投げかけられてしまい、げんなりする。

だが、一度は帰ろうとしたのに、自分の意思で踵を返して戻ってきてしまったのだ。納得するまでは引き下がるまい。

「女神様は、元気な体をくれなかったの？」

すぐさま文句を言おうとしたラティーファだが、サラをかばうように前に出たネリーに圧倒されたのか口を閉ざしたままだ。女神のことを大っぴらに口にしていいのかとも思うが、ここには関係者しかいない。関係者とは違うかもと、ちらりとヒルズ兄弟のほうを見ると、リアムは少し面白そうな顔をして、そしてノエルは真面目な顔をして成り行きを見守っているようだった。

「あの、元気な体をくれたと思うんです。息苦しくもないし、疲れにくいような気はします。でも、自分が思うほど体が動かないの。外を走り回れるくらい、ずっと起きていられるくらい丈夫になりたいのに」

「なるほど」

動きたいのに、ショックなことがあると涙が出たり貧血を起こしてしまったりするほど弱いと、そう言いたいのだろう。

いろいろ言いたいことはあるけど、サラは自分でちゃんと仕切り直すことにした。

「とりあえず、自己紹介からやり直すね。私は一ノ蔵更紗《いちのくらさらさ》」

こちらの言葉だと呪文のように聞こえる名前を、なぜだかノエルが口の中で復唱している。

「サラって呼ばれてるし、そう呼んでほしい。あなたは？」

「私は、吉川杏子。こちらではアンと呼ばれています。日本でもそう呼ぶ人もいたから、アンでかまいません」

顔色は相変わらず良くないが、そのはっきりした話し方は好感が持てる。サラは改めて両手を差し出した。

「少し顔色を見せてくれる？　私も薬師のはしくれだから、体調を見ることはできると思うの」

「はい。お願いします」

サラはアンの手をそっと握ると、そのまま肌の張りや筋肉の付き方を確かめ、それから肩に手をやり、小さな顔を左右に傾けて顔色を見た。

いつもはそうやって誰かの様子を見るのは、毒や麻痺にやられていないか、見えない部分に怪我《けが》がないかを確かめるためだから、なんだか変な感じがする。だが、見たところそういった症状はないし、細身なこと以外、体には問題がないような気がした。

今度は動きを確かめてみよう。

「ちょっと私と一緒にそこらへんを歩いてみない？」

「はい」

サラは顔色を見ていた手を離すと、はいと手を差し出した。

「手をつないでゆっくり行こう」

「うん」

アンは今度は少し気の抜けた返事をして、サラの差し出した手を握った。

「アン……」

「姉様、サラは薬師です。任せてください」

ラティーファはネリーが止めてくれる。

一歩二歩とゆっくり歩くアンを見ていても、特に問題はなさそうに見える。

ただ、サラには弟妹はいなかったので、まるで妹と手をつないで歩いているみたいでちょっと楽しくて、思わずほんのりと笑みが浮かび、つないだ手を少し大きく振ってしまった。

どうしたのかという顔でアンがサラを見上げ、つられて笑顔になる。

「もうちょっと歩いてみる？　好きなように歩いてみていいよ」

「はい」

アンは少し大股になり、広いホールの中をゆったりと歩いた。

「大丈夫そう。階段はつらい？」

「息が切れちゃうけど、上れます」

アンの顔が、行くことを期待しているかのようにキラキラしているので、サラは階段のほうに案内してもらうことにした。行っていいとも許可を取っていないが、さっきからネリーがうまいことラティーファを止めてくれているので、そのまま階段を上り始める。

「はあ、はあ、ふう。私ったら、お年寄りみたいですよね」

「ちょっとそうかも」

「あはは、はあ」

階段は、踊り場から二階に向かって左右に分かれていて、まるでホテルのようだ。踊り場で一休み、そして二階まで上っただけなのに、アンはとても楽しそうだった。そしてすでに息切れしている。

「これだけで、部活で走ったときみたいに息切れがするなんて」

二階から見下ろすと、心配そうな顔をしたこの屋敷の面々と、表情を変えずに見守っているハイドレンジア一行とヒルズ兄弟がこちらを見上げて様子をうかがっている。

「運動部だったんだ？」

「うん。ハンドボール。でも、高校に入ってから、急に体が弱り始めて、最後の半年はずっと入院してた。原因不明だから、結局ただベッドで寝てるだけの生活だったの」

「そうだったんだ」

生まれてからずっと不調だったが、入院するほどではなかったサラと、元気だったのに、急に体が動かなくなったアンと、どちらがより不幸だろうかとサラはぼんやりと考えた。

「家族とは離れたくなかったけど、あのままだったら死んでたって女神様には言われました。生き直せるなら、こっちでいいと思ってたんだけど、思うように体が動かなくて」

アンは悔しそうに体の横でこぶしをきゅっと握った。

「女神様の言うことだって、本当かどうかわからない。だから、せめて小説のように、森の中に放り出されて、オオカミや盗賊に襲われるよりずっといいと思おうとしてた。だって、住む家も食べるものもあって、大事にされてるんだもの」

「ハハハ。うん、大事にされているみたいだね」

その小説のように、オオカミに襲われそうになったサラは、思わず乾いた笑いが出てしまった。

「でも、走れないの。中学生だったあの時みたいに、思いっきり飛んだり跳ねたりしたいのに、全然体が動かないの」

「それでうつうつしちゃったの？」

「そう。サラ、一六歳なんでしょ？」

突然、年齢の話になり、サラは戸惑った。

「うん。去年の秋に一六歳になったよ」

「そのくらいに見える。一番元気だった頃の私と同じ。諦めてたの。この世界じゃ、そんなに元気にはなれないんだって。穏やかに、ラティのように貴族の女性らしく暮らせたらそれでいいんだって。それなのに、私と同じ招かれ人が、私のなりたかった姿で現れたから、驚いてしまって」

「なりたかった姿」

サラは思わず自分の格好を確かめてみた。動きやすい服に薬師のローブ。旅の間、日に焼けて少し色濃くなった肌。可もなく不可もなく、普通の一六歳の女の子だと思う。それも貴族ではなく、庶民寄りの。

「普通だけどな。それで貧血になるくらい驚いちゃったの？」

「サラは普通と思ってるかもしれないけど、それはラティに求められている普通じゃないの。生きとして、元気に日焼けして、いつでも走り出せそうな普通は、レディとしては失格なんだって。歴代の招かれ人は、皆貴族として幸せな結婚をしましたよって。私、本当はこんなかよわいキャラじゃなかったのに」

運動部に所属していたのなら、動かない体はさぞもどかしかっただろう。

サラは、アンの前にしゃがみこんだ。

「ねえ、正直に言っていい？」

「うん。でも何を？」

アンはサラが急に何を言い出すのか不安そうだ。

「あのね、いま体と動きを見させてもらったんだけどね」

「私、まだ魔力が足りないのかな」

アンの目がまたうるうるとし始め、そんな自分に苛立《いらだ》ったように目を袖でごしごしとこすった。

魔力が足りないから体が弱るのだという、女神の話はちゃんと聞いていたようだ。

階下でラティーファがやきもきしているのが見えるが、アンは気がついていない。

「泣きたくないのに、すぐに涙が出てくるこの体、もう嫌だ」

「大丈夫だよ、年齢と体調に引きずられているだけだから」

サラは慰めるようにぽんぽんとアンの腕を叩いた。

最初のかよわい印象はもうない。少し話しただけだが、強い意志ともどかしい気持ちが伝わってきて、関わるのが面倒だという気持ちはもうどこかに行ってしまっていた。

「私の見た限りでは、結果は良好です。つまり、健康だってこと。たぶん原因は、単なる運動不足だよ」

「ほんとに？　だって、少し動いただけでこんなに息が切れるのに」

「私も最初の頃はそうだったよ。思い切り走ったら、息が切れて。それに、歩いたらすぐに足にまめができて、歩けなくなって。痛かったなあ。でも、日本ではそれすらできなかったから嬉しかったんだけどね」

サラ自身は、アンが健康だと確信が持てたことに、すごくほっとしていた。

薬師の仕事は、採取と調薬だけではない。この世界の人は、大変丈夫で、たいていのことはポーションで治るから、医者などはいない。その分、具合の悪いときは薬師が様子を見たりする。

サラも薬師になってから、そういった仕事もしているから、ポーションが必要な状態というのはだんだんわかるようになってきたが、クリスほどのベテランではないから自信がなかったのだ。

「アンの理想が一六歳の元気な高校生なら、転生してきたばかりの一〇歳の体は、動かない、動けないと思っても当然なんじゃないかな。アンの一〇歳の頃ってどうだった？　元気に走り回るほうだった？」

「普通だったと思う。特に運動系の習い事はしていなかったから、友だちと遊んだり、塾に行ったり、家でゲームをしたりしてたよ」

アンはそう言うと、はっと気がついたようにサラを見た。

「鍛えなくちゃいけなかったの？」

「一〇歳だから、鍛えるってほどじゃないけど、体を使わないと体力はつかないと思うよ」

「そうか、それで……」

アンは何か思い当たることがあったようだ。

「そろそろ戻る？　ラティーファさんが心配で倒れちゃうんじゃない」

「戻りたくない……。私、中身は一八歳なのに、あの人たちの前では子ども扱いに戻っちゃう」

「一八歳か。日本では成人だもんね……。私は二七歳で転生したから、今は三三歳、おうふ」

サラはその現実に驚いて、思わず額に手を当てた。

「ずっと二七歳のつもりでいたけど、六つ年を取ったから三三歳、ううーん。二七歳どころか、一六歳の振る舞いしかしてないし」

サラの独り言に、アンが突っ込まないでくれるのが今はありがたい。

「じゃあサラは、日本でもこっちでも私より年上なんだね」

「それは確かだよ」

いつまでもショックを受けてはいられない。

「生き直しているんだから、以前の年は気にしても仕方がないよね」

サラはアンにというより自分にそう言い聞かせる。

「ま、まあ、中身は何歳でも、こっちではその年に応じて生きなくちゃいけないからね。一〇歳なら体力づくりでしょ」

「うん！」

アンは力強く頷いた。

「じゃあ、行こうか」

「はい」

アンはサラに当たり前のように手を差し出した。先ほど一八歳なのにと主張したとは思えない振る舞いだが、きっと人恋しいせいなのだという気がする。異郷の地で故郷の知り合いに会えた、その喜びはそれほど強いのだなとサラはほっこりした。

注目の中、階段を下りてきても、顔色が悪くなったり倒れたりしそうな様子はなかったので、サラはほっとする。でもそれが、アンのことを心配したからというより、ラティーファから敵意を向けられずに済むという理由のほうが大きかったのは自分でも情けないが仕方ないとも思う。

それでもサラはラティーファに直接話しかけた。

「ご領主夫人、薬師としてアンの様子を少し見させてもらいましたが、ごく普通に、健康な一〇歳の女の子です」

「まあ。それは嬉しいわ。でも、無理は禁物よ」

「それなんですが」

サラは放り出したいと思いながら、言うべきことは最後まで言おうと頑張った。

「健康ではあるのですが、おそらく運動不足により、体力がついていません。このくらいの年頃の子どもは、外を走り回ったりして体を動かすべきですが、それはできていますか」

「この子は招かれ人よ？　招かれ人は、前の世界で病弱だったの。大切に養育すべしと、貴族なら誰でも知っていることだわ」

「失礼ですが、大切に、の意味を間違えていますよ。過保護にしろということではありません」

サラは引かなかった。

「私が招かれ人だということを忘れてもらっては困ります。招かれ人である自分に招かれ人が何者かを説くなんて失礼ではないか。それに、今トリルガイアにいる招かれ人を数え上げてみてください。ブラッドリーにハルト、ご存じでしょう。ハンターとして有名ですから。病弱だったとしても、こちらではそうではないのです」

この世界の人ははっきり言わないとわからない。

「ハンターとして？　招かれ人が？」

アンがサラを見上げた。

「うん。そう。とっても優秀なハンターなんだよ。ハルトは日本出身なの。いつか会えるといいね」

「うん！」

だがラティーファは納得しない。

「でもそれは男性だからでしょう。女の子は違うわ」

「違いません」

サラは親指でぐいっと自分をさしてみせた。

「ハンターにだってなれるし、薬師にも、魔道具を扱う人にも、お店で働く人でも、なんにでもなれるはずです。私は自活するために、たまたま薬師を選んだだけです」

力強い言葉に、ネリーがサラの肩をポンと叩いてそのとおりだと認めてくれる。

「アンが将来自分の道をきちんと選ぶためにも、体力づくりは大事だと思います」

現時点でこれが一番大事なことだ。サラは言い終わってほっとした。

アンもラティのほうに向き直ると、一生懸命自分の気持ちを伝えようとしている。

「ラティ、私、もっと体を動かしたい。外にも出たいし、走り回りたい。お屋敷でおとなしくしているだけじゃなくて、もっとこの世界のことも知りたいの」

「アン……」

おろおろするラティーファの背中に、ご領主がそっと手を回した。だが、なぜか顔色が悪く、微妙に顔を背けている。それでも言い聞かせるように背中をゆっくりとなでている。

「ラティ、いいことではないか。少なくとも、大きな声でしゃべっているアンは、おとなしくしているアンよりよほど顔色がいい。好きにさせてあげなさい」

「エド。ええ、わかったわ」

納得しているふうではなかったが、ご領主の手前、引かざるをえないという感じだった。

「それでは改めてこちらもご挨拶を」

ハイドレンジア側は、ライが音頭を取ってさっさと自己紹介しているが、そういえばガーディニア側の紹介はまだだった。

「ガーディニア領主のエドモンド・グライフです。こちらは妻のラティーファ。そして招かれ人のアン。それに」

エドモンドはヒルズ兄弟のほうを指し示した。

「お知り合いだとは思いますが、王都騎士隊副隊長のリアム・ヒルズと、弟御で薬師のノエル・ヒルズです。今回のクサイロトビバッタの件で来てくれているんです」

二人は席を立って軽く頭を下げた。

先ほど、リアムがいたのにも驚いたが、ノエルにはもっと驚いた。

「ノエル。王都の薬師ギルドからの派遣か？」

その疑問はクリスが確かめてくれた。

「いいえ。個人的に、クサイロトビバッタの発生に興味があったので、薬師ギルドにはお休みをいただいて、グライフ家にお世話になっています。ちょうど来たばかりですが、薬師としてはサラに後れを取ってしまいましたね」

自分がアンの体調を見抜けなかったことが少し悔しそうだ。

「いちおう、先輩ですから」

ノエルが優秀なのは知っているが、サラはちょっと自慢してみた。

次に、サラにとっては胡散臭《うさんくさ》く見える笑みを浮かべて挨拶したのはリアムだ。本当にいつ見ても嫌になるほど顔がいい。

「相変わらず元気そうだね、もと婚約者殿は」

「婚約者だったことは一度もありませんけどね。でも、元気です」

サラはすかさず婚約者の件を切り捨てる。自分もずいぶんはっきりとものが言えるようになったと感慨深い。そしてリアムがいる理由も気になったので、一応確認しておく。

「リアムは、騎士隊を率いてきたんですか？」

「そうなんだ。渡り竜に使っている麻痺薬を試してみようということになってね」

サラは思わずクリスと目を見合わせた。サラたちが思っていたとおりの展開になっている。少なくともチャイロヌマドクガエルにはよく効いていたし、風向きを考えれば問題が起こることもない。おそらく、うまくいくだろうとは思うが、自分たちは念には念を入れて準備をする。二人の意思は一瞬で通じ合った。

「あー、リアム。私たちは今回、ネフの、ネフェルタリの付き添いで来ただけなのだが、ノエルと一緒に見学しても大丈夫だろうか？」

クリスにしては非常に遠回しな言い方で、騎士隊の仕事を見学する許可を求めている。よく考えたら、ハンターでも騎士隊でもないのにどうやって参加しようと思っていたから、リアムがここにいてちょうどよかったということになる。

「かまいません。クリスがいてくれたらいざというときに心強いし、それはサラも同じです。なにしろ去年のタイリクリクリクガメを無事に魔の山に送り届けた立役者ですからね」

サラはぽかんと口を開けた。

確かに、魔の山までタイリクリクリクガメを送り届けたし、王都やローザに進路がそれないよう、招かれ人としてできることはした。

だが、すべてが終わって戻ってきたら、ハイドレンジアでは、すでにタイリクリクガメの件は終わったことになっていたし、そういうものかと思って何物にも煩わされずに楽しく過ごしていたのだ。アレンやクンツ、そしてクリスやネリーと共に、遠くまで頑張ったと、皆にねぎらわれ、楽しく話をしたらそれでおしまい。

ほめられても、すでに過去のことなのである。

「あ、そういえばそうでしたね。あの時は大変でしたよねー」

サラとしては世間話のようにそう答える以外にない。あの時、リアムをはじめ、騎士隊にはいいところがなかったので、まさかその話題を振ってくるとは思わなかったのだ。

「招かれ人たちが活躍したとは噂《うわさ》に聞きましたが、まさかあなたのような年若いお嬢さんが、本当に討伐に参加したのですか？」

興奮したようなエドモンドの言葉が、ありえないだろうという侮蔑《ぶべつ》がこもったものならサラも反発しただろう。だが、それは純粋に好奇心のように思えたので、サラは素直に首を縦に動かした。

「討伐に参加した、というと、まるで戦ったかのように聞こえますが、私たち招かれ人は、大きな壁を築いて、タイリクリクガメの進路をずらしただけです。そういう意味ではもちろん、参加しましたよ」

それがどれだけ大変だったのかは、見ていなければ伝わらないだろうなと思う。

だが、続くリアムの言葉で、サラはその成果が今でも見られるということを知った。

「その時に築かれた壁は、今も王都の南側の草原にそのまま残されています。観光名所にもなっていますから、王都においでの際には、ぜひ見に行かれることをお勧めします」

「うわっ！　ほんとですか？　恥ずかしいなあ」

期せずして、ハルトが冗談で言っていた、観光名所になるかもということが本当になったようだ。

しかし、それとは別に、サラはリアムとの会話を楽しめている自分に驚いていた。

リアムとの出会いはローザだったが、ちっとも人の話を聞かない独善的な人だという印象しかなかったし、その印象はずっと変わらない。そんな人と、普通に話しているということ自体を新鮮に感じる。

「来てすぐに、と思うかもしれませんが、今晩は簡易なパーティーにしようと思っていますのでな。その時に改めて話が聞けるのが楽しみです」

ほくほくしたエドモンドに促されて、挨拶を終えた一行はそれぞれの客室に案内される。

もっと話したそうだったアンも、倒れかけた経緯をふまえ、一度休むようにと部屋に戻された。

旅の汚れを落として着替えると、サラは同じ部屋にしてもらったネリーとベッドに並んで座り、ぽふりと抱き着いた。

「しょっぱなからいろいろあって大変だったね」

「すまんな。姉様は面倒見がいい分、人の話を聞かない傾向があってな」

苦笑するネリーが、ラティーファのことをそう説明してくれた。

「ネリーもあんなふうに守られていたの？」

まさかという気持ちもちょっとある。あんなふうに守られていたら、ネリーはなぜこんなに強くなったのだろうか。

ネリーはふうっと大きな息を吐いたが、なかなか話し出さなかった。

「サラはそもそも気がつかなかったと思うが、姉様はとても魔力量が多くてな」

「魔力量が多い……」

サラは初めて会ったときのネリーを、そしてアレンのことを思い出した。

そし同じく魔力量の多い、ローザのギルド長や副ギルド長のことも。

前者は自分の魔力量の多さをコントロールできないため、人々に圧を与え、自分もつらい思いをしていた。

後者はコントロールし、その特性を生かしてハンターギルドで活躍していた。

ラティーファはどちらだったのだろう。

「私よりよほどコントロールは上手だったよ。だが、感情が高ぶると魔力の圧を放出してしまって、父様でさえ手に負えないことがあったらしい」

「ライが魔力の圧に耐えられないとか、見たことない」

ネリーもアレンも、魔力のコントロールはとっくにできるようになっていたので、最近は気にも留めていなかった。

「姉様がアンを守ろうとしてサラに敵意を向けたとき、近くにいたエドモンドが苦しそうにしていたのに気がついたか？」

「そういえばそうだね」

思い出すと、確かに顔色が悪かった。

「あの中ではエドモンドの魔力が一番低く、姉様の魔力の圧が苦しかったのだろうよ。ヒルズ兄弟も顔色一つ変えなかったしな」

確かに、あの場にいたのはある意味最強の面々だったかもしれないとサラは納得した。

「私も魔力が多いから、姉様がどんなに魔力の圧を出していても気にならなくてな。姉様は私をかわいがったが、私に依存して手放さなかった、と後で父様に聞いた」

「そうだったんだ。それで魔力の圧が気にならない招かれ人を、気の済むまでかわいがっているという感じなのかな」

少し病的なくらい大事にしているように見えた。

「母様が亡くなったとき、姉様だってまだ少女だったのだし、つらくなかったわけがない。それなのに、私だけではなく家族全員に愛情を注いでくれて、おかげで私は家族といて寂しかった記憶はないんだ」

「ありがたい話だね」

「女性らしいことも一通り教えてくれた。姉様には感謝しかない。ただ、少し大きくなると、その愛情と女性らしさの押しつけが息苦しく感じられることも多くなった。兄様たちと体を動かすことが好きだった私には、それがつらくてな」

「そうなんだ」

ネリーの家族は、父親が元騎士隊長で、現ハイドレンジア領主であり、家族のそれぞれも活躍しているのだが、それでもいろいろ大変なことはあるんだなと思う。

「私が身体強化に秀でているとわかり、父様や兄様たちとの訓練に夢中になり始めた頃、姉様はエドモンドに見初められて、あっという間に嫁いだんだ。魔力が多いということは決してマイナスではないんだよ、コントロールさえできればな」

「でも、さっき、感情が高ぶると、って言ってなかった？」

その時だけでなく、今でもコントロールできていないのではないか。

「年も若く、いたいけで美しい姉様が、たまに見せるその弱点がむしろ魅力的だったそうだ」

「ええ、そんなものなの？」

「ああ。自分こそがラティーファ嬢のすべてを受け止められると、むしろ求婚が殺到したらしい」

「すごい」

だが、苦しそうにしながらもラティーファに寄り添っていたエドモンドを思い出すと、そういうものなのかとも思う。

「同じ魔力の圧でも、私のような強い者が出すと遠巻きにされ、姉様のようなかわいらしい人が出すと愛される。だからこそ、姉様は私に女性らしさを身につけてほしいと願ったのだと思うが」

ネリーはフッと苦笑いした。

「私には無理だったな。だが姉様は、その後もガーディニアから指示を出して、わざわざ見合いの場を設けたり、無駄な努力をだな……」

「ネリーはそのままで十分魅力的だよ。クリスがそれを証明してるじゃない」

「ハハハ。まあな」

少し重い話だったと思うが、ネリーは終始明るかった。それどころか、サラに自慢してくるくらいだ。

「姉様のおかげで、不器用ながら刺繍《ししゅう》もできるんだぞ、私は」

「ほんとに？　それはびっくりだ」

「だが、刺繍やダンスや礼儀作法は、山小屋を管理するのには何も役に立たなかったな。ハハハ」

「うん。そういうわけか。山小屋がカオスだったのは」

生活能力ゼロの人かと思っていたが、お嬢様だったからこそだということが判明した。

「家のことをやってくれる人が必要だったわけだよねえ」

山小屋に入ったときの衝撃を思い出して、サラはため息をついた。

「さ、時間があると思うから、私はアレンたちがどうしているか見てくるよ」

「私もハイドレンジアのハンター代表として、仲間の様子を見てこよう」

その時、トントンとドアを叩く音がした。

「どうぞ」

サラの声でわらわらと部屋に入ってきたのは、メイドさんたちだった。

「それではパーティーの準備に入らせていただきます」

「え？　いや、私は友だちのハンターのところにいかないと」

パーティーの準備とは何なのかはわからないが、逃げたほうがよさそうだとサラはベッドから腰を浮かせた。

「ハンターの皆様方も、今夜のパーティーには参加されますので、その時にお会いできますよ。それでは」

同じく腰を浮かせかけていたネリーともども、マッサージされ、いろいろなものを塗りたくられる。その後、髪をきれいに整えられ、ドレスを着付けられると、パーティーの準備はできあがりだ。

「さすが奥様の妹様。とても美しいですわ」

メイドの言葉にネリーのほうを見てみると、袖のふんわりした白いブラウスに、体に沿った、落ち着いた深い緑色のオーバードレスを身に着けていた。

いつも無造作にポニーテールにしている赤い髪は、今日は首の後ろでふっくらとまとめられており、顔の横におくれ毛を垂らしている。ほんのりと化粧を施しているからか、いつもきれいな緑の瞳が一層美しい。

「ネリー、本当にきれいだよ！」

サラの褒め言葉に照れているネリーだが、さすがにいつもみたいに頭をかくわけにもいかず、首を傾げてごまかしている様子がとてもかわいい。

「お嬢様も愛らしくおなりですよ」

メイドに鏡の前に連れてこられたサラは、鏡に映った自分を見て、両手を頰《ほお》に当てた。

「これが私？」

それがお約束である。

日焼けはおしろいでうまくごまかされ、いつもは下ろしている髪はネリーとは逆に高い位置に結い上げられている。ドレスは大好きなキンポウゲの黄色で、控えめなレースが少女らしさを際立たせ、我ながら可憐な印象だ。

とはいえ、日本でも化粧はしていたので、想定の範囲内である。サラは現実をきちんと把握しているつもりだ。だが、おしゃれは本当に楽しいものだ。

「サラはいつもかわいらしいが、今日はいっそうかわいらしい」

「ありがとう」

下手な謙遜《けんそん》もしないほうが良いことは知っている。

やがてネリーしか目に入っていないクリスとそれに苦笑いのライが迎えに来て、客室から階下に向かうと、そこにはすでに大勢の紳士淑女が集《つど》っていた。

クリスに手を預けて、優雅に階段を下りるネリーに気づくと、誰もが談笑を止めて、魅入られたように言葉を失う。

それはネリーが美しかったせいももちろんあるだろうが、おそらく、領主夫人であるラティーファにそっくりだったというのがとても大きかったと思う。

美しく穏やかでたおやかな領主夫人とそっくりの妹、それだけで客はネリーに群がり、サラはあっという間に引き離された。

サラはクスッと笑うと、ライを見上げた。

「ネリーがきれいなのは知っていましたけど、こんなの初めて見ました。すごいですね」

「私の娘は二人とも美しいからな」

「ええ。私はネリーが人を避けていた頃を知っているから余計に嬉しいです。余分な情報や偏見がないと、本来こうですよね」

「ああ。だが、本人は不本意かもしれないなあ。ネフェルはレディではあるが、本質はハンターだからな」

人垣からちらちらと見えるネリーの顔が困っているのは伝わるが、クリスも一緒にいるし大丈夫だろうと思うサラの視線は、ここにいるはずのアレンとクンツを捜してさまよった。

広いホールの端に、居心地が悪そうにハンターが集まっているテーブルがある。

「ライ、私、アレンのところに行ってきます」

「ああ、行ってくるといい」

サラは慣れた足取りでパーティーを楽しむ人々の間を抜け、ハンターたちのほうに向かった。

「アレン！　クンツ！」

先ほど見えた二人に声をかけると、アレンはサラをさっと眺めてにっこりとし、クンツはほっとしたという顔をした。

「サラ。似合ってるよ」

「ありがと。アレンもね」

アレンは今日はハンターの皆に合わせて、いつもより少しだけかしこまった格好をしている。貴族が着るような服も持っているのだが、あえてそうしなかったらしい。

「あああ、サラが来て安心した。やっぱり貴族の集まりって庶民には慣れないよな」

クンツもライのお屋敷で貴族の雰囲気に慣れているとはいえ、こういったパーティーはまだ苦手のようである。

「そんな格好をしていると、ほんとに招かれ人なんだって思うぜ」

「いい感じだな」

他のハンターたちも、サラが来て安心したようで、気軽に声をかけてくれる。

「にしても、こうやって見るとネフェルタリはきれいだなあ」

「さっき領主夫妻が挨拶に来たが、奥さんとそっくりだったぜ」

「ほんとですよね」

サラも、どちらかというとハンター側にいて、貴族の面々を遠くから憧れの視線で見ているほうが楽である。それにしても領主夫妻が、ハンターたちをきちんと気にかけてくれていてよかったとほっとした。

「皆さんのお部屋はどうですか？」

サラたちはお屋敷の客人扱いだが、ハンターたちはどうだろうか。

「別棟っていうのか？　普通に宿より立派な部屋をあてがわれてるから、心配いらねえよ」

「それに明日からはすぐにクサイロトビバッタの討伐に向かうからな」

ハンターは遊びに来たのではない。知らない土地に来るのは面白いにしても、長居はせず、さっさと仕事をして、さっさと帰りたいのが本音である。

「やあ、ハンター諸君」

「げっ」

「よう、ノエル」

げっと言ったのが誰だったのかわからないが、リアムにというより、騎士隊に対してのものだろう。誰もがそんなことは言わなかったかのような顔をして、リアムとノエルに顔を向けた。ノエルはハイドレンジアにいたときにハンターたちとも親しんでいたようで、気軽に挨拶を交わしている。

「明日からは一緒に討伐だね。よろしく頼むよ」

ハンターたちは肩をすくめた。

「騎士隊との連携とは知らなかったな。こっちはネフェルタリが代表なんで、そっちと相談してくれよ。指示には従う」

「了解した。こちらも現地調査は明日からだから、現場で方針を決めることになるな」

リアムが平然としていたからか、ごく普通に討伐の話が始まっている。

その間、サラもノエルと楽しく近況報告をしていたが、ノエルがホールの階段の上を見て、仕方なさそうにリアムに声をかけた。

「兄さん、そろそろいいですか。いちおう、僕たちも行っておかないと」

リアムはハンターたちのほうを向いたまま面倒そうに返事をした。

「ここでよくないか。サラもいるし」

なぜ自分の名前が出るのだとサラは目を見開き、ノエルの視線を追って階段のほうを見ると、ちようどかわいらしいドレスを着せられたアンが、階段から下りてくるところだった。

肩にかかったつややかな黒髪は緩やかに巻かれたまま下ろされ、小さくて白い顔を縁取っている。ドレスから出る細い首と手足は華奢で、頼りなげに見えた。

「王都に伝わる、招かれ人の少女そのままの姿ですね。サラもそうだったんでしょうか。僕が初めて見たときはもう薬師のサラだったから」

ノエルがアンのほうを見たままそうつぶやいた。

「清潔ではあったが、少女か少年かわからないぶかぶかの服で、野宿していたな。屋台で夕飯を買って」

リアムの声が懐かしそうなのは合点がいかない。良い思い出にするには、あの時のリアムの行動は強引すぎた。それに、本人を前にして何を話しているのだ。

「その時はもう一二歳で、こちらに来てから二年経っていましたからね」

来たばかりのときは、はかなげな少女だったのだと匂わせるくらいはしておこうと思う。実際は単に元気な少女だったのだけれども。

「そこまで二年間、魔の山暮らし、でしたよね。彼女はこうして貴族のお屋敷で大事にされているのに」

ノエルはきっとサラのことを大事に思うからこういう言い方をしてくれるんだろう。でも、その考えの基本は、王都にサラを連れ去ろうとしたリアムと何も変わらない。

「どこにいても、どんなふうに暮らしてても、本人が納得しているならそれでいいんだよ。魔の山は大変だったけど、最初に出会ったのがネリーで本当によかったもの」

サラの言いたいことをわかってくれただろうか。

「そういう人ですよね、サラは。さて、サラの婚約者候補から外れた僕たち兄弟二人、新しい招かれ人にいちおうきちんとした顔見せだけでもしてきましょうか」

「私は未練がましくサラに縋《すが》っていることにしておく。さすがに年が離れすぎだ。ノエルが行って正式に顔見せしておけばヒルズ家としては十分だ。昼のあれは、彼女は覚えていないだろうからな」

サラに縋るってなんだとちょっと苛立ったが、そこにはサラに対する執着はみじんも感じられなかったので、サラも肩をすくめて気に留めないことにする。

しかし、アレンやクンツと十分話す間もなく、少し顔をしかめたライが、サラを目指して歩いてきた。何か問題があったようだ。

「どうしました？」

「ああ、サラ。この場に招かれ人がもう一人来ていると知られていたらしい。ぜひ顔合わせだけでもしたいと求められてしまってな」

ライは少し困った顔をしている。

「すでに薬師として働いているので、婚約者を立てるつもりはないということをそれとなく匂わせたんだが、ぜひ紹介してほしいと押し切られてしまった。それと」

ライはネリーのほうを指し示した。

「サラに紹介したい人がいる。クリスから聞いていないか、ガーディニアの薬師ギルド長だ」

「ええっと、キーライ、さん？」

「そうだ。キーライ・ヘインズ。いいだろうか」

「うーん」

サラは面倒くさいことは嫌いだし、リアムやノエルのこともあって、すぐに婚約婚約と騒がれることも好きではない。だが、この世界ではもう一六歳だ。いつまでもライの後ろに隠れて守ってもらう年でもないし、クリスの師匠ならば顔合わせはしておくべきである。

「大丈夫です。行きます」

顔を合わせて、婚約の申し込みが来たら断ればいいだけのことだ。

サラは、アレンとクンツに行くねと合図して、ライと一緒に歩き始めた。

「アンは大丈夫そうでしたか？」

「今のところはな。先ほどノエルが来て、顔色を確かめてほっとしていたから、大丈夫だと思うぞ」

アンを取り囲んでいると思われる人垣にたどり着くと、ライに気がついた人から順番によけてくれて、すぐにアンのもとにたどり着いた。アンの後ろにはラティーファがニコニコしながら守るように立っている。

アンは自己紹介する人に合わせて、一生懸命応対しようとしている。控えめだが、引っ込み思案ということもなく、しっかりしている子だなあとサラは顔に笑みを浮かべた。

「ラティ、アン。サラを連れてきたぞ」

「まあ、いらっしゃい」

「お招きいただきありがとうございます」

サラも丁寧にあいさつを返し、サラを見上げて少し不安そうにするアンに左手を差し出した。

サラの手を握ってほっとしたように笑うアンを見て、周りにいた少年が思わずといったようにつぶやいた。

「そっくりですね」

「え」

「え」

サラもアンも、お互いに似ているとは全然思わなかったが、黒髪に茶色の瞳はお揃《そろ》いだ。顔を見合わせると、なんとなく楽しくなってフフッと笑った。

「仲良しの姉妹みたいに見えます」

手をつないでにっこりと微笑む二人はそう見えるようだ。

アンの年齢に合わせたのか、ノエルくらいの一〇代の少年が数人集まっていたが、ちょうどサラとも年頃が合い、王都の話や、ガーディニアの話などを思ったより楽しく聞くことができた。

自己紹介をしても、婚約の話などおくびにも出さない。ただ、どの少年たちも、王都に来たときは、ぜひ自分の家に遊びに来てほしいとさりげなくアピールするくらいだ。

一通りの挨拶が済んで、少年たちがいなくなったとき、サラは思わず口に出していた。

「ヒルズ兄弟が割と強引だったということがわかりました」

「それは兄さんだけです。僕はちゃんとしてましたよ」

ちょっと口を尖《とが》らせる一四歳のノエルは、サラよりもだいぶ背が高くなり、兄に似て顔がいい。ついでに性格もいい。

「招かれ人だからって、婚約者は、持たなくていいのよね？」

アンがサラを見上げる。

「うん。持ちたいのなら別だけどね」

「よかった」

決まっていたほうが楽でしょうにというラティーファの視線には気がつかなかったことにする。

サラも、婚約者は持たない、ちゃんと薬師として自立すると決めるまでは面倒で悩んでいたことを思い出す。

「私は自立するためと、魔物の多いところに住んでいたせいで、いやおうなしに魔法も身体強化も覚えたけど、ガーディニアにいるならその必要はなさそうだしね。アンはやりたいことはないの？」

「魔法？　身体強化？」

アンの目が驚きに見開いた。サラはアレンたちのほうを手で指し示した。

「ほら、向こうにいるのが、魔物を狩るハンターたちだよ。魔法師もいるし、身体強化で戦う人もいる。それから、向こうが騎士たち」

リアムはハンターと一緒にいるが、他の騎士たちは普通にパーティーを楽しんでいる。

「剣も使うけど、魔力で身体強化も使うの。割と身近、って、そうか。ガーディニアは魔物が少ない豊かな土地だから、身近じゃないのか……」

身近に騎士やハンターなどはいないのだ。

この世界でも、魔物にかかわらずに暮らす人もいることを、どうしても忘れがちになってしまう。

ローザでさえ、ハンターでない人たちはそうなのだ。サラの立場のほうが特殊である。

「ところで、何か口に入れましたか？　おなかに何か入っていたほうが楽ですよ」

ノエルがアンに話しかけている。

「いえ、まだ……」

「それでは何か持ってきましょうね」

ノエルは近くの椅子にアンを座らせると、いろいろな食べ物を載せたお皿をすぐに持ってきた。

「これが食べられたら、あとは好きにしていいですからね」

貴族の気遣いとはこういうものかと感心するサラである。そして、サラに挨拶したい人との交流も済み、ここでやっときょろきょろとネリーの姿を捜すと、相変わらず一番人が集まっているあたりに、赤い髪が見えた。

「それじゃあ、私ネリーのところに行ってくるね」

サラはアンに声をかけてネリーのもとに歩み寄った。

サラの見る限り、ネリーにはそろそろ社交の限界がきているようで、口元が引きつっている。

クリスはといえば、珍しくネリーから少し離れた場所にいて、こちらも女性に取り囲まれている。

それでもネリーを見守っているには違いないが、その距離はいつものクリスではないような気がして、サラはちょっと疑問に思う。ネリーがこれほど気疲れしていたら、この場から連れ出すなりなんなりはしていそうなものだが。

「ネリー」

サラはネリーに声をかけると同時にぎゅっと抱き着いた。

「サラ、どうした？　疲れたか？」

「ううん。ちょっと寂しくなっただけ」

「そうか」

サラが抱き着いてきたことに満足そうなネリーの声を頭の上で聞いたサラは、ネリーの隣、いつもクリスがいるところに、誰か他の人がいることにようやく気づいた。

その人はクリスとライの間くらいの年の男性だった。銀髪を後ろで一つに結んでいて、目の色は青色だが全体的な雰囲気がなんとなくクリスに似ている。視線を下げると、ローブは着ていないものの、襟には薬師のブローチが留められていた。

「ええと、ネリー？」

「ああ。紹介しよう」

ネリーは隣に半分体を向けた。

「キーライ・ヘインズ。ガーディニアの薬師ギルド長で、クリスの師匠に当たる方だ。そしてこちらがイチノーク・ラサーラサ。招かれ人で、私の家族だ」

私の家族だという紹介が嬉しい。

「君が招かれ人の薬師か。噂は聞いているよ。薬師という仕事を選んでくれてありがとう」

穏やかな低い声は耳に優しい。

「初めまして。サラと呼んでください。クリスには、ガーディニアに恩師がいると聞いていましたから、お会いできて嬉しいです」

「ほう。クリスがそんなことを。恩師と思われているとは思わなかったよ」

冗談めかした口調だが、本当に驚いている様子だ。せっかくだからクリスを交えて話したいと思い、クリスのほうに目をやろうとしたが、視界には見知らぬ人が入るばかりだった。いつの間にかネリーとサラの周りには、人が集まってきていたようだ。

「うおう、イケオジばかり」

さっきはアンを取り巻く爽やかな少年を見たばかりだが、ネリーを取り囲んでいるお相手は、おそらくは二〇代から五〇代までと幅広い、大人の男性だった。思わず口にした言葉は、おそらくトリルガイアの言葉には翻訳されていないと思うが、集まった数に驚いたのは伝わったのだろう。

キーライが笑みを浮かべて説明してくれた。

「ネフェルタリは魅力的な女性だから、仕方がないね。私は前から知ってはいたが、君が騎士だった頃だから、ずいぶん成長したものだと驚きを隠せなかったよ」

「あの頃は怪我ばかりで、薬師ギルドにはお世話になりました」

「いやいや、世話をしたのはクリスだからね」

以前クリスから聞いた、二人の若い頃の話と同じだとサラはわくわくした。

だが、若かりし頃のクリスの話を聞こうとしても、ネフェルタリの家族ということで、サラにも次々と紹介を乞う人たちが現れたし、招かれ人だとわかると、弟や息子や親戚をいずれ紹介したいと言い出す人たちが加わって、とても面倒くさいことになった。

しかし、どうせサラは明日はハンターと一緒にクサイロトビバッタの討伐に出かけるつもりだ。招かれ人のアンについては、単に運動不足だということがわかったのだから、サラはここにいる必要はないと思うのだ。

だからこの場は曖昧な笑みを浮かべて乗り切ればよいと割り切ったが、さすがにそろそろ疲れもたまってくる。

それに、サラが来る前から疲れた顔をしているのがネリーだ。

こんなときこそクリスの出番なのだが、いっこうに現れない。仕方がないので、サラは少し大きな声を出すことにした。

「クリス！」

「なんだ、サラ」

現れないと思っていたが、そばにいたらしい。

すぐそこには取り残された女性たちが呆気《あっけ》にとられたような顔でクリスの後ろ姿を眺めている。

「なんだじゃないと思うんです。そもそも私のことじゃありません」

サラはネリーの手をつかむと、クリスにグイグイ押しつけた。

クリスが戸惑ったようにネリーに腕を差し出すと、ネリーはその腕にそっと手を載せた。

いや、載せたように見せかけて、服がしわになるほどぎゅっとつかんでいる。

「つっ。ネフ、もういいのか」

「もうなにもない。今まで何をしていた」

小さいが苛立ちをあらわにした声は、サラ以外には聞こえなかったと思いたい。クリスにだけはわがままを言えるネリーは、サラから見るとかわいいしかないのだが、他の人には少々ぶっきらぼうに聞こえなくもないからだ。

「喉が渇いた。腹も減った。もう話をしたくない」

今聞こえた言葉が、空耳だと思いたいという顔をした紳士が何人かいたので、サラの願いは通じなかったようだ。

仕方がない。社交嫌いのネリーにしてはよくここまで耐えたと思う。さすがに姉の顔は立てたかったのだろう。

「では、こちらへ」

「さっさとしろ」

二人は飲み物と食べ物のあるテーブルへ歩き去っていった。

「やれやれ、といったところかな」

笑いを含んだキーライの声に、サラはこくこくと頷いた。

「申し訳ありません。ガーディニアには今日、着いたばかりで、少し疲れているんだと思います」

クリスを呼びつけてネリーを引っ込ませたのはサラなのに、素知らぬ顔で右手を頬に当てるサラである。ハイドレンジア一行の中で、一番疲れていないのがネリーかもしれないということは言わずにおく。

サラは、自分は疲れていると言ったつもりはないのだが、察した紳士たちは気を使ってさりげなく去っていってくれた。

「サラ、これ」

「アレン。ありがと」

向こう端のハンターのテーブルにいたはずのアレンが、サラに飲み物を持ってきてくれた。

「無理するなよ」

「うん」

そしてそのまま元のテーブルに戻っていった。歩き去っていく後ろ姿はほっそりしているものの、もうほとんど大人と変わらない。

「あれがタイリクリクガメに唯一剣を刺すことができたというハンターか」

「そうです。こちらにも伝わっていますか？」

「いいや。ヒルズ家の小さい薬師が挨拶に来てくれてな。その時に聞いたばかりだ」

ノエルも到着したばかりのはずだが、あちこちでこまめに動いていて、頭が上がらない。

サラなど、ガーディニアに到着したことに満足して、クリスの恩師に挨拶しに行こうなどとは考えもしなかった。

「彼は、クリスとはまた別の優秀さだな。クリスより早く薬師になったと聞いたが、それこそクリスより早く王都の薬師ギルド長に上り詰めるかもしれないな」

「そうなっても驚きません。一緒に仕事をしたことがありますが、本当に優秀な子なんです」

「私もクリスをはじめとして後進となる薬師を育てて、ほとんど引退する気持ちで東部にやってきたのだが、ここでのんびり過ごしている間に、もうひと世代先まで育っていたとはね」

キーライは感に堪えないという様子だ。

「さきほどのハンター、ヒルズ家の末っ子、君。ローザにいるという招かれ人も含めて、綺羅星《きらぼし》のような若い世代を見ていると、本当に代替わりしたんだなあと感慨深いよ」

綺羅星とまで言われると華やかすぎて自分のことではないように思える。

「なにより、クリスの世代と比べると、人の気持ちをきちんとつかんで交流する力がある」

「んっ」

否定できないサラは、そうですねとも言えず口をつぐむしかない。クリスにしろ、ネリーにしろ、ザッカリーにしろ、確かにコミュニケーション能力に難がある人も多いかもしれない。だが、ローザのギルド長や副ギルド長のヴィンスはそうではなかったし、そうではない人もたくさんいたからこそ、その世代もうまく回っていたのだろうと思う。

「それにしても」

ふふっと、思わずこぼれてしまったというような笑い声が聞こえた。

「出会いから二五年以上経って、やっと意中の人が振り向いてくれそうだというのに」

その目は、食べ物のテーブルの前に立つクリスとネリーの背中を追っている。

「肝心のクリスが、それに気がつかないとはな。いや、気がつかないからクリスなのか」

ネリーのクリスへの態度の変化は、サラだけではなく他の人にも伝わっているようだ。

サラはため息をついた。

「クリスに伝わってなきゃ意味ないじゃないですか」

「おや、君は賛成か？　クリスは家族にするには面倒な男だぞ」

からかうような言葉には、クリスへの信愛が隠されているとサラは判断した。

「クリスは私の師匠ですよ？　確かに自分勝手だしわがままだけど、薬師としては本当に尊敬できる人なんです。それに、信じられないかもしれませんが、私のことも、たまにはちゃんと考えてくれるんです」

「ハハハ。褒めているようには聞こえないよ。だが、最後に少し、後押しをしてもいいかもしれないな」

後押しとはなんだろう。

いずれにせよ、招かれ人との顔合わせも済んだので、明日はクリスとネリーと共に、クサイロトビバッタの生息地に向かうつもりのサラは、華やかな世界にいるのは今日限りだとほっとするのだった。

クサイロトビバッタの生息地までは馬車で二日である。

それはすなわち、身体強化なら半日で行けるということでもあるが、緊急でない限り、疲れるのでそんな無理はしない。

一晩明けて朝食の後、いつもの格好で馬車に乗ろうとしたネリーは、ラティーファに慌てて止められている。つまり同行しているサラも、ついでにハンターも騎士隊も一緒に止められているというわけである。

「ネフェル、あなた、まだたった一日しか滞在していないじゃない！　せっかく久しぶりに会えたというのに、もうお仕事に行ってしまうなんて、寂しすぎるわ」

確かに、依頼を受ける前は、単に姉に会いに行くという話ではあった。

「ですが、姉様。私も今や、ハイドレンジアの副ギルド長という責任ある立場にいます。これは南部の総ギルド長の兄様に頼まれた仕事でもありますから、休むというわけにはいきません」

「セディに頼まれたなら、融通が利くでしょう、あなたのために集まっている人たちが大勢いるのよ？」

「ですから姉様……」

実はネリーは、こんなふうに説得されるのには弱い。自分の意見を押し通すのが面倒になってしまうのだ。

「仕事が終わったら、帰りに少し長く滞在しますから」

「それでは来てくださった方々が帰ってしまうでしょう」

この時点でネリーは黙り込んでしまった。普段なら無視して出発するのだが、さすがにそれはできないのだろう。

サラがハラハラと見ていると、ライがため息をつきながら、一歩前に進み出た。

「ネフェル。ここはラティに譲ってはどうだ。代わりに私が行こう。仮にもハイドレンジアの代表でもあるしな。私が行けば、ウルヴァリエの家の者に任せたいというセディの意も汲《く》むことになる」

「しかし」

それでも抵抗しようとしたネリーに、近づいてきた人がいる。

「ネフェルタリ」

昨日サラも親しく話した、クリスの師匠のキーライだ。今日はきちんと薬師のローブを身に着けている。キーライは、ネリーに近づいてその腰にすっと手を回し、引き寄せた。

あまりに自然にそうしたので、ネリー自身でさえ動けないままだった。まるで恋人同士のように親しい距離に見える。

「なに、数日のことだ。私もあなたと、もう少し交友を深めたいと思っていた」

「え、は？　キーライ、いったい何を」

さすがのネリーも、クリスの師匠に肘打ちをするわけにもこぶしを打ち込むわけにもいかず、手をわたわたとさせて焦っている。

クリスはといえば、珍しく目を見開いて、ネリーに向かって中途半端に片手を伸ばしたままの姿勢で固まったままだ。

そんなクリスにキーライは静かに声をかけた。

「クリス」

「は、はい」

「ネフェルタリは私が責任をもって面倒を見る。君は遠慮せずに行きなさい」

クリスは、迷うようにネリーとキーライを交互に見たが、伸ばした手をぐっと握り一瞬下を向く。

はい、と言うしかない状況だ。

どういうことだと戸惑いながらも、サラは納得できず一歩前に出た。

「ちょっと待ってください！」

誰かがおかしいと言わなければならない。

「私が代理で主張します！」

サラは右手の人差し指をピッと立てた。

「ネリーは南部の総ギルド長から依頼を受けた身。一方で、クリスはネリーの付き添いでやってきただけであって、討伐への参加は見学にすぎません。ネリーが屋敷にとどまって、クリスだけが現地に行くのはおかしいです」

いつもなら冷静なクリスがそれを主張しないのはおかしいとサラは思う。そのうえで、ネリーの家族や師匠に義理があるというなら、サラはやるべきことをやるだけである。

「クリス。私が向こうで頑張りますから。ネリーが行かないのに、ネリーの付き添いのクリスだけが現地に行くのはおかしいでしょう」

クリスのあからさまにほっとした顔を見たのは初めてかもしれない。

「お待ちになって」

次に口を挟んだのは、ラティーファである。

最初は面倒くさそうにしていたハンターや騎士たちも、だんだん面白そうな顔になってきているのがサラにはやるせない。

「サラも残るのよ。アンの話し相手になってもらわないと」

「はあ？」

そのアンは、朝早いからか、ハンターたちの出発の見送りには出てきていない。屋敷に泊まっている客人たちも同様だ。

「毎日きちんと体を動かせば元気になりますと、昨日お話ししましたよね。それは養育者の仕事だと思いますが」

「そんな、冷たいわ。おんなじ立場なのだから、しばらくお話し相手になってくれたら、アンがどんなに喜ぶことか」

クサイロトビバッタが変異して大発生しそうだから、わざわざハイドレンジアからハンターを呼んだのではないのですかと問い詰めようとしたとき、ネリーが大きなため息をついた。

「すまん、代表の私が曖昧な態度で、出発を遅らせてしまった」

そしてきっと顔を上げると、ハンターと騎士隊に向き合った。

「個人的な事情で、数日遅れる。私の代わりに、ライの指示に従ってくれ。クリス」

「ああ」

「私は大丈夫だ。行ってくれ」

「わかった。私が行く。サラは残ってくれ。頼む」

依頼がなくても、問題が起きる可能性があるのなら行く。薬師としての使命である。その覚悟があるクリスが残れと言うのなら、サラは喜んで言うことを聞こう。

「わかりました」

だが悲壮感はない。

「待ってるからな！」

と、アレンとクンツが楽しそうに手を振った。サラやネリーにとっては割と深刻なことだが、周りから見たらそうでもないと伝えてくれる人がいる。

こうしてばたばたしたものの、クサイロトビバッタの討伐隊は無事出発していった。

「話し相手が嫌なわけじゃないんだけどな。むしろ話し相手だから微妙なのかな」

サラはアンの朝の準備ができるまで、広い応接室のような部屋でまったりとお茶をいただいている。

隣では、ドレスへの着替えを拒否したネリーがいらいらした顔で外を見ていた。

それを面白そうにキーライが見つめている。キーライが何を考えているのかわからないのももどかしい。

そもそも、仲のいい友だちとだって、お休みの日に数時間話したらそれで十分満足ではないか。数日間も一緒にいて何を話すべきか。サラは頭を悩ませた。

だが、悩む必要はなかったようだ。

「おはようございます」

相変わらずかわいらしいドレスを着せられてやってきたアンは、昨日とは別人のようにしっかりした顔つきになっていた。

「私のために残ってくれたと聞きました。ありがとうございます」

サラに頭を下げたアンは、ニコニコと付き添っているラティを振り返った。

「サラと二人でお話ししたいの。お外を歩いてきてもいい？」

「まあ」

ラティは寂しそうな顔をしたが、それは単純にアンと一緒にいたいのと、サラに厳しいことを言われたとき守らなくてはという気持ちがあるからかなとサラは思う。

「姉様。ちょうどよかった。私と散策しながら思い出話でもしましょうか。キーライも。サラたちは残るといい」

不機嫌な顔をしていたはずのネリーが、残りたそうなラティを連れて外に出ていってくれたので、これで嫌でも二人きりだ。

「ラティはいい人なんですけどね」

いい人だが、少々うっとうしいということだろう。サラは気軽に声をかけた。

「今のところ六歳年上だけど、敬語とか使わなくていいからね」

「今のところじゃなくても、ずっと六歳年上ですよ？」

アンはいたずらっぽい顔をしてニコッと笑った。

「わあ、なんだか今日はとても元気だね。昨日とは比べ物にならないくらい」

「うん、そうなの。昨日、サラからいろいろ話を聞いて、もっと自分の頭を使わなくちゃって考えたの」

普通に友だちのように話せていて楽しい。モナやヘザーと話すのと同じ感覚だ。

「まず考えたことは、自分の体と向き合おうっていうこと。普通の体をもらったっていうことを、私、信じてなかったみたい。きっと虚弱なんだろうって最初から諦めてたんだと思う」

サラもいきなり一〇歳の体になっていたときは、馴染《なじ》むのに時間がかかったのは確かだ。

「お昼寝して起きてから、深呼吸をして、足を上げてみたりジャンプしたり。それからストレッチをしてみたりして、自分の体を動かしてみたら、普通に動くの。そりゃあ何度もジャンプしたら息切れしたけど、それは虚弱なんじゃなくて単なる運動不足。そうでしょ？」

「たぶんね」

サラに言われたとはいえ、たった一人でその結論にたどり着いたのはすごいと思う。

「もともと運動部で、自分の体とはちゃんと向き合ってきたし、ちょっとずつ鍛えていく方法は自分で考えられるとして」

アンはドレスのポケットからメモを取り出して、テーブルの上に広げた。

「今までは、体を整えることを優先してちょうだいって言われて、本当に何もしてこなかったの。転生したといっても、ほとんど日本と同じなんだなと思っていたんだけど、違うんだよね？」

サラはちょうど数日前見た大きなトンボと、ビィーンという羽音を思い出し、頷いた。

「けっこう違うよ」

だが、もしサラがここで暮らしていたらどうだろう。

窓から見える庭にあるのは、日本と変わらないように見える植物だし、食事もそんなに変わらない。食材には違いがあるのだけれど、料理として出てくる分にはそれはよくわからない。例えばシチューに入っている肉が魔物の肉かそうでないかは区別がつかない。

つまり、現代日本でないことだけは確かだが、一世紀か二世紀前の西欧世界に転生したと言われても、全然違和感がないのだ。その中で招かれ人は貴族みたいなもので、すべきことは、体調を整えて、いずれ女性として嫁いで幸せになることだけですよと言われたら、そんなものかなと思ってしまっても仕方がない。

サラはそこまで考えて、もう一度頷いた。

「うん。違うよ。女神様に、剣と魔法の世界って言われなかった？」

「言われたと思う。でも、剣を持っている人なんて屋敷にはいないし、ハンターなんているこトすら知らなかった」

「ええと、大きい虫とか、魔物とかは？」

「角の生えているウサギがいるというのは絵本に描いてあったから知ってるけど、虫？」

サラは窓のほうを指し示した。

「ここには飛んでこないの？」

「飛んでこない」

「せめて、スライムとかはいない？」

「スライム？」

サラは両手でスライムの丸い形を作ってみせた。

「見たことない、です」

「ひえー。トリルガイアって、やろうと思えばほんとに日本みたいな暮らし方ができるんだね。むしろ驚いたよ」

サラはソファにぽすりと沈み込んだ。

「サラは魔法っていうけど、魔法なんて見たことないよ」

「そんなわけ……ある？　せめて魔石は？　ほら、台所用品とかに使うでしょ。電池みたいに」

「魔石？　見たことない」

「ああー、取り換えるのは子どもの仕事じゃないか……」

どこから説明していいのか、お手上げである。

「今話したことだけで、サラに来てもらって本当によかったと思える」

アンは、大きい虫、スライム、魔石とメモの端っこに書き足している。

「つまり私はこれから、トリルガイアと日本の違いをまず知らなければいけない。そしてそれを実際に見て、ここの人ができることは、ちゃんとできるようになっていかないといけないと思うの」

たーんと音を立ててメモをテーブルに置くアンの顔は、きらきらと輝いている。

「昨日のパーティーで、サラのこといっぱい見てたの。いろいろな人のところに行って、堂々と、対等にお話ししていたよね。私よりたった六歳年上なだけなのに」

「自覚はなかったけど、確かに気後れはしていなかったかもしれないね」

「それなのに私は、飲み物と食事のお皿を持たされて、お体の具合はいかがですかとか聞かれてただけなの。そんなキャラじゃないのに」

プルプルと首を振るアンは一〇歳相応のかわいらしさだ。

それでも隣に並んだサラを見上げた目には、同世代のような落ち着きが宿っている。

「ラティは、サラが私のために来てくれたのよって言っていたけど、本当は違うんでしょ？」

「違うわけではないんだけど、正直に言うと、もっと気にかかっていることはあるの」

昨日の今にも倒れそうなアンにならそうは言えなかっただろうが、今のしっかりしたアンになら言える。

「昨日いたハンターの人たちや騎士隊の人たちは、この地方のクサイロトビバッタの大発生を止めるために来ているの。ネリーもそうだし、クリスも私も、その助けになりたいと思っている」

「バッタの大発生。つまり蝗害《こうがい》ってことね。それって、畑の作物が食べ尽くされて、人々が飢餓に陥る災害じゃなかった？」

「そう。今はまだ、そこまでいってない。むしろ、そんなことが起こらないように、バッタの数を減らしておきましょうという段階だと思う」

きちんと話してみると、アンは本当にいい子だった。

「それなら早く行きたいよね。私も六年後にサラみたいになれるよう、頑張らなきゃ」

ふんと両手でこぶしを作るアンはかわいらしかった。

「でも、サラがいつ行くかは私が決められることじゃないから」

ちょっと悲しそうにうつむいたが、すぐに顔を上げた。

「だから、サラがいてくれる間、聞きたいことをぜんぶ聞いておこうと思うの。さっそくいい？」

「もちろん」

「やっぱり、まず知りたいのは魔法なの！」

「だよね！」

サラは魔法について語ろうと、大事に持っている魔法の教本を、腰の収納ポーチから取り出した。

「嘘《うそ》！　魔法のカバンだ！　そんなの初めて見た！」

「そこから？　そうか、そこからか」

驚いたのはサラのほうだ。だが、魔物を狩るのが当たり前の場所にいたサラのほうが、特殊な環境だったのは間違いない。

「ええっとね。まずこの魔法の本と、薬草の本を見てみようか」

「うん！」

隣り合って座り、本を半分ずつ膝に載せて頭を寄せ合うサラとアンは、その日の午前中をとても楽しく過ごしたのだった。

昼ご飯を食べると、少し眠そうで、でも眠りたくないアンを、

「横になるだけ。眠らなくても体が休まるって聞いたことあるよ」

と部屋に送り届けたサラは、応接室に戻ってくると、ラティに両手を取られた。

「あんなにたくさんご飯を食べたアンを初めて見たわ。それに、たくさんおしゃべりもして」

最初の印象があまりよくなかったので、ちょっと手を引きそうになったサラだが、ラティが笑顔だったのでほっとする。

「もともと運動部だったと言っていました。運動部というのは、つまり体を動かすのがすごく好きな人の集まりです。アンは、もともとはだいぶ活発なほうなんじゃないかと思います」

「少女の姿でやってきた招かれ人は、静かで控えめな人が多かったと聞くわ。けれど、そうでもないのねえ。昨日のパーティーでは、あなたは大人の男性のような堂々たる振る舞いだったものね。さすがネフェルの養い子だわ。もちろん、悪い意味ではなくてよ」

大人の男性という言葉にちょっと苦笑が漏れる。

サラは目立つのは好きではない。

ローザでは特に、家のない子どもとして、慎重に暮らしてきた。

だが、さまざまな問題に招かれ人としての力で立ち向かううちに、黙って引っ込んでいては物事は解決しないと学んだのだ。

「困難にあっても自分のできることをする。控えめだが、言うべきことは陛下の御前《ごぜん》でもためらわずに主張する。はじめはアンのように、はかなく消えてしまいそうな少女だった私のサラは、六年間でそんなふうに成長した」

「ネリー」

ネリーには、本当にサラがあんなはかなげな美少女に映っていたらしい。

「私たちの住んでいた魔の山は本当に過酷な場所です。サラも最初は一歩たりとも小屋から出られなかった。ローザに行けるようになるまで二年、本当に一歩ずつ歩く距離を伸ばして努力してきたのですよ、姉様」

「まあ。初めから丈夫というわけではなかったのね」

初めから丈夫だったのだが、二年間でものすごくたくましくなった、というのが正しいのだろうなと、サラはいまさらながら思った。一二歳でローザの町に行ったときには、はかなげな美少女という枠にサラはもう当てはまらなくなっていたのだろう。

「でもね、私はやっぱり、女性は嫁いでこそ幸せという考えは変わらないの」

ラティがサラの手を放してくれたのでほっとする。

「私も見た目からかよわく見られがちだけれど、領主の妻という仕事は、華やかな表向きよりもずっと大変なのよ。それでも、誰かの妻であるということが、社会から私を守ってくれる。それはとても大事なことだと思うの」

「姉様、わかっています。これほどの大きな屋敷をうまく回していくのは大変なことだし、たくさんやってくる客をもてなすのにも、才能が必要でしょう」

ネリーは優しい目でラティを見ている。わかってはいるのだ、ラティの言うこともある意味間違ってはいないと。

「ですが、私はハンターとして成功をおさめ、もはや社会から何を言われる立場でもありません。サラもそうです」

「まあ、でもね」

「姉様」

ネリーの静かな声は、それでも強い意志が込められていて、ラティを自然と黙らせた。

「今回姉様に会いに来たのは、ちゃんと成長して、もう面倒を見てもらわなくても大丈夫な私を見てもらうためです。そして、もう私の結婚の世話をしなくていいと断るつもりでした」

そのはっきりした拒絶に、ラティはどう返事をしていいか戸惑っているように見える。

ネリーは椅子から立ち上がると、両手を大きく広げた。

「姉様。私はもう寂しくなどありません。家族同然のサラやクリス、そして父様や兄様、それにかわいい弟子たちにも囲まれて、幸せです。さあ」

ラティは引き寄せられるように、ネリーを抱きしめ、そのラティをネリーはしっかりと抱きしめた。

「こんなに大きくなったのね」

「姉様がいつまでも認めようとしないだけですよ。もう、なんの心配もしなくていいんです」

サラはその様子を目に涙を浮かべて眺めていた。

ラティが結婚したとき、まだあどけなさの残る妹を残してどんなに心配だったことだろう。

遠く離れて募った不安が、こうして解消されてよかったと思うしかない。

しかし、落ち着いたラティの発した質問に、サラの涙は乾いてしまった。

「ところで、クリスとはどうなのかしら？」

ハイドレンジアでも誰も踏み込もうとしない問題に、あっさり切り込むのはさすが姉妹である。

ネリーはなんということもないというように、片方の眉を上げただけだった。

「どう、ということもありません。昔から変わらぬ仲ですよ」

「変わったように見えたのだけれど。昨日の様子では、私が無理に世話をしなくても、そろそろ良い話が聞けそうだと思っていたのですよ」

「良い話、とは」

ここでネリーの察しの悪さが出るとは思わなかった。

なぜかエドモンドとキーライの男性組は、ラティを止めもせず面白そうな顔で二人を眺めているだけである。

「ゴホン、その。結婚よ、結婚」

さっきまで二人で結婚結婚と話していたのに、なぜ今になってためらうのか。

「結婚、ですか。クリスと？」

ネリーがそんなことは考えたこともなかったという顔をした。

「そもそも、クリスに結婚してほしいと言われたことなどありませんが」

部屋に沈黙が落ちた。

「嘘でしょ」

「やはりか」

「いったい何をやっているのだ、彼は」

ガヤガヤと大騒ぎだったが、サラにはどうしようもない。

「現地に先に行ってて、よかったというしかないですね、クリス」

こっそりとそうつぶやくにとどめた。

第二章　クサイロトビバッタ

ラティを納得させたとはいえ、縁談を匂わせて集めた人を、はい終わりですと帰すわけにはいかない。ましてパーティーで見せたネリーの美しさは、やってきた相手を魅了するに十分だった。

「ここから数日をかけて、集まった方々に、私が結婚に興味がないことを伝える必要があるらしい。今すぐにでも現場に出たいのが本音だがな」

「私が仮のパートナーになろう。薬師のキーライが常にそばにいると伝われば、少なくともガーディニアに住んでいる者は、そういうことかと諦めがつくだろう」

「キーライ。しかしあなたは確か奥様がいたはずではなかったか」

ネリーの言葉にキーライは少し悲しい笑みを浮かべた。

「こちらに引っ越してきてすぐに、私を残して逝ってしまったよ。薬師でも直せない病はある」

「それは、お悔やみ申し上げる」

ほとんど病気をしないからといって、この世界の人が長生きかといえば、そういうわけではない。ネリーの母のように、体の弱い人もいれば、アレンの叔父のように、魔物にやられて亡くなる人もいる。

「だが、キーライ、クリスの恩師として尊敬するあなたといえど、私は仮にでも付き合うつもりはない」

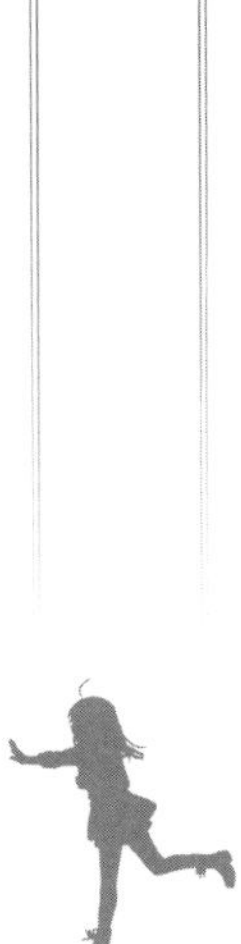

「もちろん、本気で付き合うわけではない。盾として使ってくれてかまわないと言っているだけだ」

その真摯《しんし》な態度に、ネリーも最終的にはしぶしぶとだが、同意した。

そこからは、食事や行事のたびにキーライが付き添うようになり、何かを悟った婚約者候補たちは次々と屋敷を去っていった。

「クリスだって付き添っているのに、何が違うんだろう」

純粋なサラの疑問である。

「ええと、私は一日しか見ていないからはっきりとは言えないんだけど」

その疑問に答えてくれたのはアンだった。

「犬で例えると」

「犬なんだ」

サラは思わず声を出して笑ってしまう。クリスに犬耳が付いた姿を想像してしまったからだ。この数日、おもに魔法の訓練を通じて、アンとはとても仲良くなっていた。クサイロトビバッタの件が気にかかってはいるが、思ったより楽しい毎日を過ごしている。

「クリスは、飼い主が大好きな犬かな。レトリーバーとか」

そう言うとアンは、右の手のひらに小さな炎を出してみせた。魔法の授業は恐ろしいほど順調だった。

「ふむふむ」

「キーライは、飼い主を守る系の犬。ジャーマンシェパードとか」

今度は左手に、もう一つ炎を出した。二つの炎を同時に出すなどということは、サラは最初から考えたこともなかったので、その進歩に驚くばかりである。

「なるほど？」

どちらもかわいくてかっこいい犬だと思うので、サラには違いがよくわからない。

「要は、ネリーに近づくなよと、周りにアピールできているかどうかじゃないかな」

「それだ！」

高校一年生まで元気に育ってきたアンは、実はサラよりは恋愛偏差値が高かったりする。

「魔力は自分の思い描いたとおりの力になる。自分の魔力量に応じて、無理せず、自由に、自分の思い描いたように。炎よ、犬になれ！」

アンの手のひらの炎は、ほんのりと犬の形になり揺らめいた。

「よし！」

アンは炎をしゅっと消してしまう。

「わあ、炎の魔法に関しては、私よりずっと上手だよ」

「まだまだだよ。そもそも曲がったりもしないし、バリアなんてどうやってもできないもの」

「バリアはねえ……。難しいと思う」

魔法を学び始めて三日でここまでできることのほうがすごいと思う。サラがなんとか魔法ができるようになったのは、魔物のいる山で必要だったからだ。

「あれは命を守るっていう切迫感から見つけ出したものだし、アンもいずれはできるようになると思うよ。焦らずに焦らずに」

「うん」

「それにしても、キーライって本当に大人の男性って感じ」

距離を縮めながらも、さりげないエスコートに嫌味はまったく感じさせない。

「そうかなあ？　エドもあんな感じだし、普通だよ」

「普通のレベルが私の周りとは違う」

おしゃべりしながらキャッキャと魔法の練習をしていたら、アンの婚約者候補として最後まで残っていた少年が帰りの挨拶にやってきた。少年といってもサラと同じ年だ。

「アン。それにサラ」

ニコニコと見守るつもりだったサラは、自分の名前も呼ばれて驚いた。

「最初は繊細な部分に惹《ひ》かれたけど、アンがサラと一緒にいる様子を見てきて、やっぱり招かれ人は元気なところが魅力的だと考えが変わりました。僕はハルトを知っているんですよ。彼のことも尊敬しているんです」

少年は王都からやってきた伯爵家の子息だ。

「アンも、サラも、王都に来ることがあったらぜひ僕の家にも声をかけてください。兄もいますし、従妹姉《いとこ》もたくさんいるんです」

「それはどうも？」

活発な振る舞いがどうやら好感度を上げたらしい。

アンがニコニコとごまかしているだけなのでサラが返事をして、年少組の最後の婚約者候補は無事に去っていったのだった。

サラは王都の少年を門のところで見送った後、背伸びをして同じ方向を眺めた。

「皆もう、バッタを狩り始めている頃だろうなあ」

「サラも行きたかったよねえ」

「うん。でも、私は狩りをするんじゃなくて、状況が見たいだけだからね。私よりネリーだよ。生粋のハンターだし、責任感も強いから。でも、そもそもバッタじゃ物足りないかな」

そう話していると、道の向こうに馬車よりも小さい影が見えた気がした。しかもその影はどんどん大きくなってくる。

「誰かがこっちにやってくるのかな」

「珍しいですなあ。ここいらじゃ身体強化を使ってまで急いで来る客なんざ見たことがねえですが」

門番のおじさんが陽気に分析してくれたのを聞いて、見慣れていた身体強化だと思い出した。

「のんびり暮らしていたから忘れてたけど、確かにそうだ。っていうかあれ、クリスだ！」

サラが一六歳ということは、ネリーとクリスは四三歳ということになる。去年など、二人ともハイドレンジアからローザまで走り通したようなものだし、体力があるのも知っているが、王都の薬師ギルド長まで務めた人がそんなに気軽に伝令のような役目を担っていいのかとも思ってしまう。

「クリス！」

「サラ！」

クリスはサラを横目で見て返事はしたが、そのまま屋敷のほうに走っていってしまう。

「今の、人のように見えた気がしたけど、気のせいだったかも？」

アンの言葉で、サラは身体強化に慣れていない人が見ると、目が追いつかないのだと知った。

「ハハハ。今のが身体強化だよ。身体強化を使いこなせれば、オリンピックの選手より速く走れるよ、たぶん」

「ひえぇ」

「ゆっくり説明している場合じゃなかった。あんなに急いでいるってことは、何かあったんだと思う。急がないと！」

はやる気持ちを抑えながら、サラはアンを連れて屋敷へと戻る。

「門まで来たことさえなかったから、往復して倒れないなんて、私、進歩した。たった四日なのに」

アンが息切れしながらもふんふん元気なのがかわいらしい。

だが、サラの目はクリスを捜していた。そしてクリスを捜すならネリーを捜すとよい。ネリーは今の時間、お茶を飲みながら優雅に茶話会みたいなことを、いやいやながらもしているはずだと応接室に急ぐ。

そこには椅子から立ち上がったネリーと、膝に手をついて大きく息をするクリスの姿があった。

「クリス、何があった！」

「はあ、はあ」

身体強化しても無茶をすれば息が切れる。それほどまで急いだ理由は何だろうか。

「クリス、落ち着いてまず茶を飲むんだ」

冷静なのはキーライである。

クリスは冷めたお茶の入ったカップを受け取ると、一息に飲んだ。おそらく、ほとんど休まずに来たのだろう。

「今は流れの薬師と言っていたが、ギルド長まで務めた者が情けない姿をさらすな」

「すみません」

キーライの叱責《しっせき》に、クリスは素直に謝罪した。

「早くネフに会いたくて」

「そういうところだぞ、私が注意してきたのは」

何か問題が起きたのかと焦っていたサラは、いつもどおりのクリスにがくっと力が抜けた。

そしてキーライがそれを理解していることに、さすが師匠だなと思う。

落ち着いたクリスは、優雅に椅子に腰を下ろした。

「すまないが、お茶をもう一杯。今度は冷めていないものを」

「わざわざ冷ましたものを渡したんだがな。お前はまったく」

気安い会話をしているが、クリスはネリーの隣に当然のように陣取っているキーライのほうが気になっている様子で、視線が落ち着かない。

「キーライ。ネフに近すぎるのでは？」

「適切な距離を保っているが？」

そんな二人に苛立《いらだ》ったのか、ネリーが会話に割り込む。

「そんなことよりクリス、用件を話せ。いったい何があった」

「ああ。クサイロトビバッタだが、思ったより厳しい状態でな。今は狩りができる者を一人でも減らしたくないということで、私が伝令として戻ってきた」

「厳しい、とはどういうことだ」

「地元のハンターによると、想定していたより数が多いらしい。どうやら、第二世代が卵からかえってしまったようでな」

クリスの言葉の途中で、部屋の入り口に人の気配がした。そちらを向いたクリスはいったん立ち上がって軽く頭を下げた。

「ちょうど呼んでもらおうとしていたところでした。エドモンド、クサイロトビバッタが危険な相に達しているとのことです。狩りのできる者をできるだけたくさん、現地に派遣するとともに、前線を突破されたときの備えをしてください」

「なんということだ」

皆が向かった前線には、毎年クサイロトビバッタの様子を観察する役割のハンターがいて、例年と違うと感じたら、すぐに王都に援助の要請を出すことになっている。ローザへの要請は、王都が必要と判断すれば行われる。

今回は領主夫人の人脈により、たまたまハイドレンジアにも要請が来たのだが、その要請を出す役割のハンターが真っ青になっているという。

「クサイロトビバッタはすでに攻撃色の黒に変わり、周囲の植物を食べ尽くす勢いで、移動するための羽も成長し始めている。依頼のハンターも騎士も、全力で数を減らしてくれているが、間に合わないかもしれないと」

クリスは狩りができないから、そしてネリーに会いたいから伝令として選ばれたと言ったが、それは違う。クリスはダンジョンの深層に行けるくらいの力はある。

事態が切迫していることを証明するために地位がある人として選ばれ、本当に時間がないから息が切れるほど急いで戻ってきたのだ。

「承知した。急いで戻ってきてくれてありがとう。さっそく手配する」

きびきびと動き出そうとしたエドモンドと同時にネリーも立ち上がった。

「では今から私も出発しよう」

そういうことならサラも行かねばなるまい。

「私も行きます」

すぐにも準備しようとしたサラとネリーを、キーライの声が引き留める。

「落ち着きなさい。出発は明日の朝にしなさい」

「なぜです。私たちの足なら、今から出れば今晩中には着きます。そうすれば明日の朝から狩りに参加できる」

「クリスを見なさい」

ネリーと共にとんぼ返りしようとしていたのだろう。すでに立ち上がっていたクリスには、疲労の色が濃い。

「私は大丈夫です」

「現場では君が薬師の長だ。そんな体調ではろくな仕事はできまい。今日はゆっくり休んで明日の早朝に出るべきだ」

クリスは一瞬迷うそぶりを見せたが、本当に疲れていたのかどっかりと椅子に座り込んだ。

「今の私では、ネフとサラには足手まといになる。キーライの言うとおり明日の朝一番に出ようと思う」

キーライはよしという風に頷《うなず》くと、代わりのように立ち上がった。

「麻痺《まひ》薬が足りないのだろう。ポーション類の手配をしてくる」

ガーディニアの薬師ギルド長はキーライだ。ガーディニアの危機に、ガーディニアの民が立ち上がらなくてどうするという気概が見えた。

「クリス、部屋で休め。私も出発を延ばす。明日、共に向かおう。さあ」

ネリーはクリスの手を引いて立ち上がらせると、部屋の入り口で様子をうかがっていたメイドに、

「部屋に食事と飲み物を。多めにな」

と言って、クリスを引きずるように連れていった。

「つまり、私も明日の朝出発というわけです」

取り残されたサラは、一人つぶやくしかない。

「私も行きたい」

小さな声が隣から聞こえた。少なくとも一人はサラの言葉を聞いていてくれた。そのアンに、サラは真面目に返事をした。

「私たちは身体強化で半日あれば着くけど、馬車だと二日かかるって言ってた。しかも、車ほど乗り心地が良くないから、今の体力のないアンには無理だと思う」

アンが物見遊山でこんなことを言ったとは思わないからだ。

「ですよね。しかも何の役にも立たないどころか、邪魔なだけだし」

「邪魔、か。バリアができればなんとかなったかもだけど。いや、待って、結界箱があればもしかして大丈夫なんじゃないかな」

「結界箱？」

結界箱は魔物を防ぐことができる。最近めっきり使う機会が減ったが、魔の山でも十分役に立っていた。

だがサラは頭を振ってその考えを追い払う。ちょっとでも期待を持たせるようなことを言ったらだめだ。

「やっぱり大丈夫じゃない。でも、私も部屋に戻って準備するから、よかったら結界箱とか見に来る？　収納ポーチの中身を見せてあげる」

「行く！」

昨日までは昼寝をしていた時間だが、今日は眠くないようで、細いながらも体中に力がみなぎっているようだ。

「魔法を使うようになってから、特に力が湧いてくるの」

「魔力を循環させると健康になるとか？　そうだといいね。私たち、魔力はいくらでも使えるから」

おしゃべりしながら、サラの部屋に戻る。まだネリーは戻ってきてはいないようだ。

「収納ポーチにはね、ワイバーン一頭分が入るんだよ」

「ワイバーンの想像がまずできないよ」

「そりゃそうだ」

アンと話していると、この世界を初心者からやり直している気持ちになって楽しい。

「机でしょ、椅子でしょ」

「そんなものまで入ってるの？」

「うん。草原でも調薬することがあるからね。それからこれがギルドのお弁当で」

サラは出した長机の上に、ギルドのお弁当を載せる。

「わあ、かわいいしおいしそう」

「中身はコカトリスだよ」

「うん、想像できない」

「尻尾がヘビなんだよ、あ」

その時、サラの手に一番新しく手に入れたものが当たった。

「これ」

「ギャーッ！」

「ワー！」

アンが叫ぶものだからサラも驚いて思わず叫び、手に持ったフレイムバットを落としてしまった。

「ギャーッ！　動いた！」

「動いてない！　落ちただけだから！」

バンとドアが開く。

「どうした！」

あたりを警戒するネリーに、サラはあわあわして床に落ちたフレイムバットを指さした。

「うっかりこれを出しちゃって」

「なんだ、フレイムバットか」

アンはいつの間にかベッドの上に飛び乗って、今にも叫びだしそうな口元を両手で押さえている。

ネリーは気の毒そうにアンを見ると、安心させるように微笑《ほほえ》んだ。

「大丈夫だ、アン。こいつはすでに死んでいる」

「いやーっ！」

結果大騒ぎになってしまって、クサイロトビバッタで大変なご領主夫妻を煩《わずら》わせてしまったサラはいたく反省したのだった。

「ごめんね、アン」

「こっちこそごめんなさい。黒かったからつい、あれを連想してしまって。よく考えると、初めて魔物を見せてもらえて、とても嬉《うれ》しかった。日本にあんな大きなコウモリはいなかったもの」

「はあ、せめて見せ方を考えるべきだったよ」

夕食の席で改めて謝罪したサラである。

倒れるように休んでいたクリスも、夕食の頃にはいったん起き出し、風呂にも入ってすっきりとした顔で夕食に参加している。

もっとも、いつもと違ってネリーの隣ではなく、ラティの隣の席である。

ネリーの隣はここのところずっとキーライで、今日の夕食の席でもクリスに譲る様子はまったくなく、クリスは不満そうにしながらも恩師に失礼な態度はとれないといった様子だった。そんな大人の駆け引きは、サラとしては、いたたまれないようなむず痒《がゆ》いような微妙な気持ちになる。

そして最後に残ったネリーの婚約者候補の人が、同じように席についている。

「もう少し一緒に過ごしたかったんですが、それどころではなくなりましたね」

「もともとそのためにガーディニアに来ましたからね。明日から本来の仕事に戻ります」

この数日でネリーも話すことに慣れたのか、過不足なく受け答えができている。

「少しでも可能性があれば、と思いましたが、キーライ殿にはかないませんね。クサイロトビバッタをやり過ごしたら、おとなしく領地に戻りましょう」

「いえいえ、楽しい時間でした」

会話には参加せず静かにカトラリーを使っているクリスの表情は変わらないが、サラにはわかる。

「すごい動揺してる」

思わず口に出してしまい、アンと小さな声でやり取りすることになる。

「サラ？」

「なんでもない」

サラ的には微妙な雰囲気の夕食が終わり、明日の打ち合わせをして部屋に戻ることになった。

「ネフェルタリ。部屋まで送ろう」

この数日のように、キーライがネリーをエスコートしようと腕を差し出した。

「待ってください。その役割は私がします」

テーブルの向かい側で、クリスががたりと音を立てて椅子から立ち上がった。

腕を差し出したまま、キーライが片方の眉を大きく上げた。

「必要ない。ここはパートナーの私が」

「ネフのパートナーは私です！」

クリスが人の話をさえぎってまで大きな声を出す瞬間を初めて見たサラは、目を丸くした。

「いや、ちょくちょくさえぎられてはいるな。まったく人の話を聞かないときも多いからな」

サラのぼやきは、緊迫したこの状況では誰の耳にも入らないようだった。

「どういう権利があってだ？」

「権利、とは……」

キーライとクリスの間に挟まって、ネリーがうんざりした顔を隠していない。

それにもかかわらず、キーライとクリスの言い合いは止まらない。

「ネフェルタリは独立した一人の女性であり、婚約者も夫もいない。君に何の権利がある」

「それは……」

「現にこの数日間、君がいなくても彼女は社交面でも何も困っていなかった。騒ぎ立てるのはやめなさい」

何も言えなくなったクリスを見て、サラはクリスを黙らせることができる人がいることに心底驚いた。

「はあ」

間にいたネリーが、大きなため息をつく。

「やっと姉様に、私はもう世話をする必要のない大人だと認めてもらったというのに。お前たちはいったいなんなんだ。私は骨付き肉か？」

サラの頭に、サラがあげた骨付き肉に飛びついて奪い合う高山オオカミの姿が浮かび、笑い出しそうになったが我慢する。

「私は誰の世話もいらぬ」

ネリーはキーライの手を取らずにすっと立ち上がった。

「キーライ。この数日間、盾となってくれたことには感謝する。だが、婚約者候補は去った。もう結構だ」

ぴしゃりと言い捨てると、一人すたすたと二階に向かった。

キーライは肩をすくめると、何事もなかったかのようにゆったりと椅子に座り直す。

そして、ネリーを追って駆け出そうとしたクリスに、追い打ちのように声をかけた。

「クリス。同じことを繰り返すつもりか？」

「くっ」

クリスは悔しそうに唇を噛《か》むと、ネリーの後を追って部屋を出ていってしまった。

部屋に残されたサラたちの間に微妙な空気が漂う中、キーライがぽつりとつぶやいた。

「親切にしすぎたか？」

「たぶん、これでもわかっていないかもしれません」

サラはよいしょっと気合を入れて立ち上がった。

「二人のかわいい娘である私が、ちょっとばかりはっぱをかけてきます」

あまりにもクリスが気の毒なので、サラはクリスを追いかけて二階に向かった。ただし、ネリーの部屋はサラの部屋でもあるので、自分の部屋に向かっただけとも言える。

部屋の前ではクリスがドアに額をつけて、

「ネフ……」

と小さな声で呼びかけていた。どうやら追いかけたけれど、間に合わなかったようだ。しかも、出てくるのを拒否している気配がある。

「クリス」

「サラ」

ドアから顔を起こしたクリスは、途方に暮れたような顔をしている。いつも無表情なクリスなのに、今日はいろいろな顔を見てしまった。

「ネリー、出てきてくれないんですか？」

「ああ。困った」

ドアに背を寄りかからせたまま、クリスはずるずると座り込んでしまった。

サラも同じようにドアに背をもたれてクリスの隣に座った。ネリーが出てきたくてもこれじゃあ出られないいんじゃないかなあと思いながら。

「ねえ、クリス。ネリーが出てきたとして、何を言うつもりですか」

「何をって、それは……」

サラはバリアを張るからか、気配に敏感だ。部屋の中でネリーが同じようにドアにもたれかかったのに気がついた。

「ネフの美しさ、愛らしさ、素晴らしさ、そしてそばにいさせてほしいということ」

「うーん、それじゃあ今までと何も変わらないですよね」

クリスは何も言わず自分の膝をじっと見ている。

「クンツが言ってました」

サラは心の中でクンツに、責任を押しつけてしまってごめんなさいと謝りながら、話を続ける。

「ハイドレンジアのハンターギルドでも、ネリーのことを好きな人がいるって」

「本当か！」

正確には、きっかけがあれば好きに変わるくらい好意を持っている人がいる、ということだったと思うが、このくらい話を盛るのは許してほしい。

「ザッカリーか？　いや、そんな気配はなかったと思うが。今回のハンターの一人か？」

「知ってどうします？」

サラもキーライと同じくらい意地悪かもしれない。

「今までと同じように、常にそばにいて、相手を追い払うだけでいいんですか」

「だが、ネフにも選ぶ権利はある。今回のような機会はまたいずれあるだろう。私はネフの意志を尊重したいんだ」

「そして他の人を選んでもいいということですか？」

「もちろん……」

クリスはいい、と続けるつもりだったのだろうと思う。だが、その言葉は喉に詰まったように出てこなかった。サラは思い切って言ってみることにした。

「ネリーに選ぶ権利を残したい、と言いながら、逃げているだけのように見えます」

「私は！　逃げたりなどしていない！　私の人生で、逃げたことなど一度もない。常に自分の意志で進む先を選び取ってきた」

それをサラは否定するつもりはない。

「告白して、断られるのが怖いだけでしょう。だって、断られたら今までのようにそばにいられなくなるから」

友人でいるほうが長くそばにいられるからという理由で、好きな人に告白しない人はたくさんいるし、それが悪いことだとはサラは思わない。

だが、そういう人に限って、ぽっと出のライバルに負けて、結局はそばにいられなくなるのが恋愛の定番ではないか。

「魔の山にいたときのネリーはローザでも孤独だったけど、今はそうじゃない。ハイドレンジアでは副ギルド長としてすっかり受け入れられているし、ガーディニアに来たら、女性としても人気だったじゃないですか。ネリーは本当に素敵な人で、それはずっと変わってないけど、ようやっと皆が、それをわかるようになってきたんです。私たちだけのネリーじゃなくなっちゃったんです」

クリスは気づいていないようだが、ドアを挟んで、背中合わせに身じろぐ気配がする。

私はいつだってサラのネリーだ。

きっとそう言いたいのだろう。

クリスは自分の膝を見つめたまま、まるで自分を守るかのように背を丸めている。

「クサイロトビバッタを」

「なんです？」

なぜここでクサイロトビバッタが出てくるのだ。

「クサイロトビバッタのことを、民に被害が出ないことを考えるべきなのに、それよりもネフのことが気になって、胸がざわざわして落ち着かない。ネフの足に縋《すが》って、そばにいさせてくれと言いたいのに、それだけではネフが去ってしまう気がして、怖くて」

クリスがはっと顔を上げた。

「私は怖いのか」

「たぶん、そうです」

今までと同じではいられない。そのことを、クリスは本当はわかっているから、どうしていいかわからなくて怖いのだろう。

「怖いから、逃げたいのか、私は」

「そうです。でも、このままでは逃げても逃げなくても、結果は同じです」

本当は同じではない。ネリーがそばにいるのを許すのは、これからもきっとサラとクリスだけだ。サラもクリスも、それだけの信頼を勝ち取ってきたと思う。

「では、クサイロトビバッタの討伐が終わってから。終わったら、私はネフに……」

「それはフラグです。絶対にダメです」

フラグとは何かをおそらくわからないながらも、不穏な雰囲気に気づいて黙り込んだクリスとサラは、急に開いたドアと共に後ろに倒れ込んだ。

「うわあっ！」

と叫んで天井を見る羽目になったが、その視界には、腕を組んで仁王立ちになったネリーがいる。

「まどろっこしい」

「す、すまない」

反射的に謝るクリスを、ネリーは睨《にら》みつけている。ネリーはサラにならいくらでも時間をかけて答えを待ってくれるが、クリスには厳しい。これもいつものことだ。

「クリス、お前はずっと私のそばにいたではないか。なぜ私がこれからは拒むと思うのだ」

「だが、キーライが……」

寝転んだままうじうじしているクリスなど、二度と見られないかもしれないから、しっかり目に焼き付けておこうと思うサラである。

「キーライがなんだ。お前の恩師だから尊敬しているのであって、それ以外の感情など何もない」

「ほんとうか」

クリスがくるりと起き上がって、床に両手をついてネリーを見上げた。

まるでこれから土下座する人みたいだと思いながらも、サラも体を起こしてクリスの隣で正座した。正座したのには理由はない。なんとなくだ。

腕を組んで見下ろすネリーと、両手をついて見上げるクリス。これぞ力関係である。

いつまで沈黙が続くのかと焦《じ》れたサラの横で、クリスが口を引き結んだ。

そして、両手をついた姿勢から、片膝をついた姿勢になり、背筋を伸ばした。

「ネフ」

「なんだ」

いつものやり取りである。だが、さすがにクリスも覚悟を決めたようだ。

「私を生涯の伴侶として、そばに置いてほしい。あなたの夫に、家族になりたい」

ネリーはプイッと横を向き、途端にクリスの顔が情けないものになる。

「私のそばにいられる者など、お前の他に誰がいるというんだ」

私がいます、という言葉は、空気を読んで心の底にしまっておくサラである。

「つ、つまりそれは」

「何度も言わせるな」

横を向いたネリーの耳の先がほんのり赤く染まっている。

「ネフ！」

クリスは素早く立ち上がると、ネリーを抱きしめた。

「うっとうしい」

「ああ、そうだな」

だが、うっとうしいと言う割に、いつものようにクリスを追い払いはしないネリーである。

こうなると、サラの居所がない。なるべく目立たないように、正座のまま気配を消そうと努力することにする。

だが、できなかった。思わず言葉が漏れ出てしまったのだ。

「ということは、私もクリスの娘ということでいいでしょうか」

二人はぱっと離れた。どちらの耳も赤くなっている。

「もちろんだ」

「当たり前だ」

「でへへ」

クリスの恋を後押ししたのはサラだ。仲良しの二人の間に、ちょこっと入りたかっただけなのだ。

床に座ったサラの隣にネリーがどさりと腰を下ろし、クリスもサラの隣に胡坐《あぐら》をかくと、二人は

サラの腰に手を回してぎゅっと引き寄せてくれた。三人でぎゅうぎゅうくっついていたから、頭の上で二人が何をしていたのかは、サラは知らないことにする。

翌朝、クリスがネリーと結婚することにしたとラティに話したものだから、出発が遅れるかと思うほど大騒ぎだった。ラティは涙を浮かべて喜んでくれた。

「私の後押しのおかげだな。よりいっそう尊敬するように」

クリスを煽《あお》りまくったキーライに、クリスの笑顔が引きつっていたが、実際キーライがいなかったらあと百年くらいかかっていたかもしれないから、尊敬はともかく、感謝はしてもいいかもしれない。

結局はクリスがもう少し早く決断すれば、ラティが心配することもなかったのにということは言わないでおくサラである。

「ですが、今はバッタの対策のほうが大切だと、私もわかっています。戻ってきて、すべてが落ち着いたらまたお話ししましょう」

ラティにも、領主夫人として、それを依頼のハンターが出発した時点で気づいてほしかったということは言わない。

まだ暗いうちの出発だが、アンも頑張って起きてきていた。

「頑張って馬車に乗って見に行くっていったら、サラは怒る？」

体力も実力もない招かれ人が来ても、現場の人が困るだけだ。だが、サラはアンの気持ちを否定したくない。

「ラティとエドモンドと、それにキーライを説得できたらいいんじゃないかな。あと、現場の人には嫌な目で見られるかもしれない。でも、トリルガイアにはいろいろな面があるっていうところを見るのは、招かれ人としてすごく大事なことだと思うよ」

サラはちゃんと皆に聞こえるように言った。

アンと出会って初めてサラは、トリルガイアが、招かれ人といえど、魔物と一切かかわらなくても生きていける世界だということを知った。そしていかに自分の過ごしてきた環境が特殊であったかも。

だからこそ思うのだ。

アン自身が自分の知らないトリルガイアを知りたいと思うのなら、いくら周りの人に手間がかかろうと、かなえてやるべきだと。

それがアンを、トリルガイアで生きるということに結びつけていくと思うからだ。

「それでは、先行する」

ネリーとクリス、そしてサラ。

戦力となるのはおもにネリーだが、クリスもダンジョンの最下層まで行く力がある。ワイバーンをも弾《はじ》く結界を持つサラも、このような非常時にこそ力を発揮できる。

そして、身体強化を使えば前線まで半日で行ける力の持ち主でもある。

「行ってきます！」

明るい声で挨拶をし、他の二人と共に風のように走り去るサラを、アンがキラキラした目で見送っていたことには気がつきもしなかった。


「本気を出すぞ」

サラの様子を見ながらだが、ネリーとクリスはいつもよりスピードを上げている。サラも去年のタイリクリクガメの護送では、トリルガイアの南から北まで一気に走り通したので、身体強化がいやおうなしに鍛えられた。半日くらいなら頑張れる。

そうして三人で並んで走っていると、ネリーとクリスは、もう婚約者同士なんだなと思い、思わずニヤニヤしてしまう。

「サラ、どうした？」

「ええとね」

ネリーの質問にもニヤニヤを止められない。

「この三人、家族なんだなあと思うとなんだか嬉しくて」

「なっ！」

「うっ！」

途端にネリーとクリスの足並みが乱れたかと思うと、何かから逃げるようにスピードを上げるものだから、サラは一人置き去りにされてしまった。

「ええ、待って……」

すぐに冷静に戻った二人が照れながら待っていてくれたが、サラはうかつにからかうのはよそうと決意した。身体強化が鍛えられたといっても、ネリーとクリスの足元にも及ばないと思い知った日でもある。

そうして移動しながらも、周囲を観察することは忘れない。クリスが連絡に戻ってきた昨日の時点では、まだ前線は無事だったが、一日で状況が変わることはよくある。

「まだ大丈夫のようだな」

注意深く周りを確認するクリスに、ネリーが尋ねる。

「そんなにひどい状況なのか」

大変な状況ということだけは聞いたが、早くたどり着くことを優先して、サラもネリーも詳しい話は聞いていなかった。

「ひどい状況というのかどうか。とにかく数が多いから、減らすといっても焼け石に水という徒労感はあるが、バッタがそこにとどまっているうちは問題がないんだそうだ」

地元で観察しているハンターがそう言ったのだろう。

「だが、一匹飛び立ったら、それをきっかけに、群れが一斉に飛び立ち始める。そうなると、餌を食い尽くしながら、移動し始めるらしい。だが、少なくとも、ここにはまだ来ていないな」

途中の草原や農地はあおあおと葉が茂り、ときおり大きなトンボやチョウが遠くに見えるだけで、クサイロトビバッタなど影も形もない。バッタどころか、ツノウサギが一匹もいない草原など、サラには本当に初めての経験だ。

「こんな平和な風景の中で、百年以上前の災害を忘れずに、毎年きちんとバッタの観察をしているってことが、むしろすごいことのような気がします」

「そう言われてみればそうだな。東部でまたクサイロトビバッタが増えているそうだ、というのは、ハンターや薬師を長年やっていれば、誰もが耳にする。またか、と思いこそすれ、それが大災害につながるとは誰も本気で思っていない。だからこそ、東部からの依頼はしばしば、たらいまわしにされる」

今回はそれがハイドレンジアまで回ってきたということになる。

「それなら、この豊富な薬草や魔力草をもっと王都やローザとかに流せばいいと思います。普段から東部に頼らせておけば、いざというとき協力せざるをえないでしょうに」

「サラ、なかなかの策士だな」

「だって、これだけの薬草類、もったいないと思いませんか」

道端に咲いている花の名前はわからなくても、薬草類だけはくっきりと浮かび上がって見える、それが薬師の目である。

「ハンターが少ない土地では、ポーションの必要性も薄いだろうからな。クサイロトビバッタの件が西部で軽く受け取られているのと同様に、王都やローザでの薬草の必要性も、東部では軽く受け止められているのだろうな」

人の行き来が少ないためという理由もあるだろう。

そんなたわいもない話をしながらも、やがて遠くにあった山がいつの間にか近くに見えるようになってきた。それに伴い、気づけば草原が荒れ地に変わり、むき出しの岩肌が見える土地が目の前に広がっている。

「クサイロトビバッタが東部でも北側にとどまっているのは、この山からつながる荒れ地のおかげだな。餌になる草がない」

「でも、羽が育ちきったら」

「風を受けて、軽々と飛び越えるだろうな」

折しもビィーンという音を立てて、大きなトンボが軽やかに頭の上を飛んでいく。

荒れ地は意外と長く続き、いったん狭まってからまた拓《ひら》けていった。

「今年は北側は雨不足で、いつもより荒れ地が広がっているらしい。慣れぬ土地というのは、人から聞いた情報ばかりでもどかしいものだな」

さっきから、伝聞でしか語れない自分がクリスは悔しいようだ。

「見えてきたぞ」

三人の中で一番目のいいネリーが教えてくれる。

地元のハンターが百人あまり、騎士は一五人規模の小隊一つ。そしてハイドレンジアのハンターが一〇人。百人以上いるはずなのに、広い荒れ地に散らばっていると、その数はとても心もとないものに思えた。

その真ん中に、司令塔のようにどっしりと立っている人は、ネリーと同じ赤い髪の男性だ。

「父様！」

「ネフェル！　早かったな。おお、サラも来たか」

ライはサラたちのほうに振り向くと、嬉しそうに表情を崩したが、その顔には疲れが色濃く出ている。

「父様、すみません。本来は私が責任を持つべきことなのに」

「言うな。それを言えば、ラティの暴走は私が責任を持つべきだった。情の深い子だとわかっていたのにな。少なくとも、この件とは別に、もっと早く顔を見せてやればよかったのだ」

ライにも思うところがあるようだった。

だが、それどころではなく、サラは目前の光景を呆然《ぼうぜん》と見つめた。

チキチキ。

チキチキと。

その音が出ているのは、羽なのか、顎《あご》なのか、それとも脚なのか。

無機質の何かが絶え間なくこすりあわされているような耳障りな音が響く中、地面にはうごめく黒いまだら模様がバッタで描かれている。

「ひっ」

相が変わったとは聞いていた。だが、サラにとってはバッタは緑色だという認識だった。

「そもそもクサイロバッタって名前じゃない。色が変わったっていっても、真っ黒だとは思わないよね……」

寄り集まってはチキチキ音を立てる黒いクサイロトビバッタを、ある者は殴り飛ばし、ある者は突き刺し、斬り捨て、そして魔法で叩《たた》きつぶしていく。

それがハンターの戦い方だ。

だが、騎士たちは違う。

五人ずつ三組に分かれ、麻痺薬を散布し、動きを止めたバッタにとどめを刺していく。

そしてライのいるあたりが狩り場の一番後ろなのだろう。バッタが跳ねたときに備えて、魔法を使えるハンターが控えているように見えた。

「エドには状況は報告済みで、すぐに対策をしてくれるそうです。とりあえず、我ら三人は先行して来ました」

「ありがたい」

クリスの報告に、ライが少しだけ力を抜く。

「とにかく数を減らしたい。ネフ、いけるか」

「はい。いってきます」

ネリーの参戦に、ハイドレンジア組のハンターから小さな歓声が湧く。それでも手を休めず、バッタを殴り飛ばしている中に、アレンの姿も見える。

「クリス！　麻痺薬の予備はないか！」

騎士服がよれよれになったリアムがクリスを見て声をかけてきた。

「キーライから予備を預かっている！」

「ありがたい！」

バッタの間を、リアムのもとへクリスが駆け抜けていく。

さて、サラの働くべき場所はどこか。指示を待つのではなく、自分で探さねばならない。

ふと手前に目を戻すと、ライのすぐ横では、まるで薬師ギルドの中のようにテーブルを出して、ノエルが調薬をしているのに気づいた。

「ノエル！」

「サラ！　よく来てくれました！」

挨拶する間も、調薬の手を止めないノエルはさすがである。

「調薬しながらもちゃんと周りも観察していますよ。大変な出来事ですが、実に興味深いです。ところでサラ、気がつきましたか？」

「何に？」

サラは、自分のポーチから、パンパンに詰まった薬草かごを取り出しながら聞き返した。ガーディニアにたどり着くまでに採取した新鮮な麻痺草や魔力草が入っている。

「さすがです、サラ。助かります。こんなに麻痺薬が必要になるとは想像もしていませんでした。兄さんたち騎士隊は、麻痺薬は使おうとはしていましたが、あくまでもクサイロトビバッタへの実験のつもりだったみたいなんです」

ひとまずはサラが持ってきた麻痺草への感謝を述べると、ノエルは手を忙しく動かしながら話を続けた。

「気がついたかと聞いたのは、騎士隊の動きについてです」

餌となる草を探すのに忙しいバッタは、かなり近くに行っても襲ってはこない。それを利用して、麻痺薬を低い位置からバッタの小集団にまんべんなく吹きかけている。

チャイロヌマドクガエルの時は、かなり高い位置で麻痺薬を拡散させ、風に流れた麻痺薬で逆に騎士たちが麻痺してしまっていた。あの頃と比べると、ずいぶん効率が良くなったものだ。

「僕もサラからその時の話を聞いていましたし、渡り竜やタイリクリクガメの時の動きを見ても、兄さんには悪いですが、騎士隊は正直、いてもいなくても同じかと思っていました。ですが、全然そんなことありませんでしたね」

その声が誇らしげなのは、やはり兄がそこにいるからだろう。

サラはそう言われて改めて騎士隊を観察してみた。

麻痺薬で動かなくなったバッタの命を、最小限の動きで絶っている。力いっぱい斬ったり殴ったりするより、消耗が少ないのは確かだ。

だが、麻痺薬の効果は確実ではなく、少し離れたバッタはすぐに動く力を取り戻しているように見える。

サラなら、麻痺薬の範囲をバリアの中にとどめることができるのに。

手持ちの麻痺薬を使って、サラ自身もクサイロトビバッタの中に入って戦うか。あるいはアレンやネリーに協力するか。

サラはいやいやと首を横に振った。

麻痺薬のかかったバッタを直接殴ったら、ハンターのほうが麻痺してしまう。

それなら、サラのバリアを使って何ができるか。

東部や王都の民が食糧不足に陥る可能性があるとすれば、できれば戦いたくないなどと言っている場合ではない。

バリアでバッタを包んで、空気を抜く？

オオカミを包んで押さえたように、バッタを地面に張り付ける？

どれも今戦っているハンターと協力してやらなければできないことだが、いくらハイドレンジアの知り合いとはいえ即席でできるとも思えなかった。現場に行ってからできることを考えようと思っていた自分が甘かったことにいまさらながら気がついてしまう。

「サラ、何をするか悩んでいるのなら、ここで僕と一緒に麻痺薬を作ってくれると助かります。サラの仕事は戦うことではないでしょう」

サラの迷いに気づいてくれたのか、ノエルが提案してくれた。現にノエルも、自分の得意なことで協力できている。

「騎士隊について触れたのは、弟として、サラに兄さんをちょっとだけ見直してほしかっただけなんです」

こんな時だけれどいたずらっぽい口調は、サラの気持ちを軽くしてくれようとしているのだと思う。

だが、その気遣いは逆に、自分のできることをしなければならないというサラの決意を固めることになった。本当はやりたくないのだけれども。

「仕方ない」

サラは大きく深呼吸をした。

「私、騎士隊と一緒に戦ってくる」

「サラ？」

サラはチキチキと音を立てるバッタの間を、先ほどのクリスのように走り抜けた。

「クンツ！　いる？」

走りながら大きな声で最初に呼んだのはクンツである。

「サラ？　ちょっと待ってろ！」

アレンを見かけたからクンツも近くにいる。サラの読みは当たった。

次に呼んだのはこの人だ。

「リアム！」

「サラ！　君はハンターではないだろう！　ノエルと一緒にいてくれ！」

サラは首を横に振った。

「リアム。聞いて」

サラが騎士隊の邪魔にならない場所で止まってそう話しかけると、ちょうどクンツも走ってきたところだった。サラは、クンツとリアムと騎士隊に静かに話しかけた。

「私のバリアなら、麻痺薬の効果を確実にすることができるの。知ってるでしょ、私のバリアは麻痺薬を弾くこと」

ローザで、騎士隊に王都に連れ去られそうになったときのこと。自分とアレンを麻痺薬の散布から守ったとき、指示を出していたのはほかならぬリアムだ。

「あの時のことを思い出させるか。君は厳しいな」

「覚えてるならそれでいい」

言い合いをしている場合ではない。

「外に弾くということは、中に閉じ込めることもできるということなの。それからクンツは」

サラはクンツのほうを見た。

「たしか竜巻みたいな魔法ができるんだよね。私のバリアの閉鎖空間で、麻痺薬を効果的に拡散できるよね」

「ああ、できる。俺の攻撃魔法はバッタには効率が悪かったから、こっちで手伝えることがあるならかえって助かるよ」

クンツはすぐに頷いてくれたが、リアムはそうではない。

「しかし」

「リアム。麻痺薬は限られているぞ。ノエルと今から作り足したとしても、早晩足りなくなる」

その場にいたクリスが現実を突きつけた。

ハイドレンジアにいたときは、騎士隊がやらかすから、あるいは麻痺薬に対抗するバッタが出るかもしれないから、などと可能性を考えていたが、現場に来てみたら、とにかくやれることはやるしかない状況である。それほど数というのは暴力なのだ。

しのごの言うより、やってみせたほうが早いとサラは判断した。

「バリア。すりガラスで」

サラは、一瓶の麻痺薬が効く範囲を考え、バッタの上にお椀のようにバリアをかぶせた。

「このくらいの範囲で囲えば、麻痺薬を効果的に使えませんか」

タイリクリクガメを防ぐ壁を作るときに使った、半透明な色付きのバリアである。

「おお……」

あの時騎士隊は、サラたちがどうやって壁を作ったか見ていない。

リアムも、サラのバリアを初めて目で確認して驚きで目を見開いている。だが、すぐに真顔に戻った。

「これまでの二倍以上。その範囲すべてのバッタに麻痺薬が効くなら、やってみる価値はある」

リアムは今度は迷いなくサラのほうを見た。

「お願いできるか」

「はい。やってみましょう。クンツが麻痺薬を散布したら即座にバリアで覆います」

サラは足を肩幅に開くと、体の力を抜いてゆったりと両手を構えた。

麻痺薬の瓶を持ったクンツはそれを放ると、つぶての魔法で瓶を壊し、そのまま風魔法で拡散する。複数の魔法を組み合わせて使うのは難しいのだが、クンツはそれができる。だが、クサイロトビバッタにとっては都合が悪かったようだ。

サラは風魔法が発動した瞬間、お椀のようにバリアをかぶせた。

竜巻で拡散された麻痺薬の成分が、サラがバリアで閉じ込めた空気中を巡り、すぐにチキチキ音を立てていたバッタの動きが止まった。

「おお……。範囲内、全部動きが止まっています」

「では、バリア解除」

「よし。やれ」

騎士がとどめを刺している間、サラとクンツは次の小隊に回って同じことをする。こうして三つの小隊を順番に回り、動かないバッタが積み上がっていく。

やがて日が暮れ、チキチキという音も聞こえなくなってやっと、休憩の時が訪れた。

夜はバッタは動かない。

そしてハンターにも休息が必要だ。

前線に用意されている宿舎に着き、沸かされている湯で汗を流し、食事をとると、疲労困憊《こんぱい》のハンターたちは食堂でゆったりと過ごしたり、さっさと寝てしまったりと自由だ。

サラは途中からだったし、肉体労働とはちょっと違うことをしているので、そこまでは疲れていないが、改めてハンターが依頼に応えるということは大変だなあと思う。

「サラ」

風呂も食事も終えたアレンが、さっぱりした顔をして食堂のサラのもとにやってきた。

サラはネリーとクリスと一緒に食後のお茶を楽しんでいた。宿舎は古いが、ちゃんと整えられていて、百人以上の人が泊まっても大丈夫なように、食事を作る人も掃除や洗濯をする人もきちんと揃《そろ》っている。

食堂の人に聞いたら、臨時で雇われているが好待遇で不満はないとのことだった。

「アレン、お疲れさま。毎日こんな感じなの？」

「ああ。大変だけど、いかに効率よく数をこなすかっていう訓練だと思ってやってるよ。ハイドレンジアのハンターは皆そんな感じだ」

アレンは肩をすくめた。

「アレンはいつもそうだよね。チャイロヌマドクガエルの時も、去年のタイリクリクガメの時も、ハンターとしてたんたんと仕事してるって感じ。つらいとかあんまり言わないんだもの」

「ハンターはそもそも、つらいとか、あんまり言わないぜ」

なんとなく残っていたハンターたちが、アレンの話に同意なのか大きく頷いている。

「そうだな、どう説明すればいいかな。ハンターをやってて、一番倒すのが大変なのはワイバーンだろ？　渡り竜はこっちが手を出さなければ攻撃してこないから、数に入れないぞ。それにタイリクリクガメは論外だからな」

誰が話したのか、こいつがタイリクリクガメに剣を刺した奴だぞという噂《うわさ》が、地元のハンターに今ごろ伝言ゲームのように伝わり始めている。サラはアレンの話を聞きながら、片方の耳ではざわざわと噂が伝わっていく様子をうかがってしまう。

だが、アレンがぐっと握ったこぶしを見せたので、気を散らさずにちゃんとアレンに向き合うことにする。そもそもサラの質問から始まった話だ。

「俺はワイバーンは、手の届くところに来さえすれば倒す自信はある」

ヒューというからかいの口笛があちこちから鳴り響いた。

アレンはいつの間にか周りで話を聞いているハンターたちがいたことにやっと気がついて、よせよという顔をしたが、そのままサラに話を続けてくれた。

「だけど、それがゴールじゃない。トリルガイアにはいろいろな魔物や生物がいて、ハンターにはすべき仕事がいろいろあるだろ。ほとんど役に立たないニジイロアゲハを大量に倒すとか、チャイロヌマドクガエルを大量に倒すとか、クサイロトビバッタを大量に倒すとかさ。俺たち、これ全部こなしてきたよな」

「どれも大量すぎたよね」

サラもうんうんと頷く。

「どんな魔物でも倒したいし、どんな仕事でも、ちゃんとできるようになりたいんだよ。あいつに頼めば大丈夫だって言われるように。ネリーみたいにさ」

「私か」

黙ってお茶を飲んでいたネリーが驚いたようにアレンのほうに目をやった。

「だろ？　俺の師匠なんだからさ」

「そうだな。姉様に婚活をさせられて、依頼に間に合わなかった情けない師匠だがな」

ネリーが冗談を言うのは珍しいが、笑える話でもないので微妙な沈黙が広がり、なんとなく気まずいサラである。

「それでその、婚活はうまくいったんですか」

切り込んできたのは、風呂上がりという風情のクンツである。

「やめろ。そういうことは聞くもんじゃない」

そして紳士なアレンにたしなめられている。

「すみません。ちょっと興味本位で」

クンツも普段は紳士のはずなのだが、疲れすぎて抑制が利かなかったのかもしれない。

「気にするな」

ネリーは鷹揚《おうよう》に謝罪を受けた。

だが、その後に続いた食堂全体の沈黙は、それで結局どうなったのか、全員が気になっていたからに違いない。

さすがのネリーにもそれは伝わったらしい。少し照れた顔でこんなことを言い出した。

「あー、そうだな。成功、といったところか」

「なんだって！」

ガタガタと椅子から立ち上がったのは、ハイドレンジアから来たハンター仲間だったから、そのショックを受けた顔を見るに、サラはいろいろと察してしまった。これもクンツが事前に、そういう可能性もあると教えてくれていたからである。

アレンは、ネリーと、その隣で腕を組んでいるクリスとを困ったように交互に見たあと、クンツを睨んだ。

「い、いや、すみません。俺、本当に余計なことを聞いてしまって」

アレンの責めるような視線に耐えられなかったのか、クンツは慌てたように謝罪した。しかし、もうどうせだからと思ったのだろう。直立して、こう口を開いた。

「ええと、おめでとうございます！」

それをきっかけに、食堂にいた人たちから温かいおめでとうの声があがる。

「ありがとう。ありがとう」

大勢の人に囲まれて、照れたように片手を上げてそれに応えるネリーなど、会った頃からは想像もできなかったなあとサラは思う。

だが、クンツは再び特大の爆弾を投げ込んできた。

「それで、お相手はどなたです？」

「馬鹿！　お前、いい加減にしろよ！」

珍しくアレンが声を荒らげてクンツに詰め寄ろうとしたとき、クリスがネリーと同じように片手を上げた。

「私だ」

「はあ？」

「私だ」

クンツの間抜けな返事と共に、またしても食堂に沈黙が落ちた。

そしてそれを破ったのも、クンツだった。

「わざわざガーディニアまで来て、ご領主夫妻に婚活で引き留められて、結局選んだのはクリスですか」

それは言っちゃいけないよねと、サラだけでなく誰もが心の中で思ったことだろう。

「そういうことになる」

「そういうことになる、じゃねえよ。おせーんだよ」

小さな声でクリスに突っ込みを入れたのが、先ほどガタガタと椅子から立ち上がったハイドレンジアのハンターだったような気がするが、定かではない。

「ネリー、クリス、おめでとうございます！」

めでたさで何もかもごまかしてしまおうと思ったサラは、お茶のカップを掲げて、大きな声で二人を祝った。

「おめでとう」

「おめでとう」

再び食堂は祝福の声に沸き、それから二人のもとには大勢のハンターが押し寄せて背中を叩き、食堂のおばちゃんからはお茶とお菓子が追加されて大騒ぎとなったのだった。

「なんで黙ってたんだよ」

アレンとクンツには後で詰め寄られたが。

「本人たちが言い出す前に、私がしゃべっちゃ駄目でしょ？　それにそんなこと話す時間なんてなかったじゃない」

「正論だけどさー。言ってくれてたら、俺、あんなこと聞かなかったのに」

情けない顔でクンツに言われても、駄目なものは駄目なのである。

「そもそも、ああいうことは女性に聞いてはいけないんだぞ。特に、婚活に失敗してたら、聞かれて傷つくのはネリーだったんだから。今回はクンツは反省しろ」

「うう、サラもアレンも冷たい」

結局はクンツが余計な口を滑らせたせいで、早いうちに皆に知れ渡ったからよかったともいえるのだが、次の日に他の人からそのことを聞かされたライが、なぜ最初に自分に話さなかったと激怒し、サラもネリーもクリスも叱《しか》られたのも、いつかいい思い出になるに違いない。


それから数日、サラとネリー、そしてクリスの参戦は良い結果をもたらした。

クサイロトビバッタの数が、目に見えて減ってきたのだ。

「どうやら地中にはまだ卵があって、どんどん孵《ふ》化《か》してはいるが、こっちが倒す成体の数のほうがそれを上回っているようだ」

という観察結果に、一〇日近く狩りを続けてきたハンターも騎士たちも、少し肩の力を抜くことができた。

また、それだけではない。

「おーい！　妹さんたち！」

グライフのお屋敷の陽気な門番の声が聞こえたかと思うと、その後から続々と馬車がやってきたのだ。

「いったいなんだろう？」

　といぶかしがるサラたちの前に止まったのはひときわ豪華な馬車だ。

　そこから降りてきたのは、ガーディニアの領主エドモンドだった。そしてエドが手を伸ばすと、馬車からぴょこりと顔を出したのは、少年のような動きやすい格好をした招かれ人のアンである。

　サラは唖然《あぜん》としたが、それは来たことに対してではなく、本当に来られるだけの体力があったことに驚いたからだ。

「サラ！」

「アン！　体は大丈夫なの？」

「うん！　途中でも魔法の訓練をしていたから。訓練をしていると、疲れないことに気づいたの」

　数日で体重が変わるわけではないからアンはほっそりしたままだが、最初に会ったときと比べて、明らかに生気がみなぎっている。

　魔の山では、サラは毎日バリアの訓練をしていたから、訓練で元気になるということは全然知らなかった。

「サラ。ネフェル、それにライ、クリス。そしてリアム。すまない。サラが前線に出てから、ラティの心配性と過保護が復活してな。無理してでもこちらに連れてきたほうがアンのためだと判断した」

「姉様」

ネリーが頭が痛いというようにこめかみに手をやった。大量の馬車が登場した理由を知るために、とりあえず指示を出す側の人間はすべてライのもとに集まっている。

サラはそれを横目で見ながら、アンの扱いについて考えていたことを話し始めた。

「もしかしたらアンが来るかもしれないと考えてはいました。屋敷にいたら、魔物もハンターも見る機会はないですからね。結界箱を置いて、アンにはその中に入っていてもらってはどうでしょう。疲れたら寝転ぶくらいの広さはあるはずです」

「結界箱……」

「見せようと思ったのに結局見せられなかったよね。私のバリアのようなものだよ。魔物も生物も弾いてくれるから、万が一があっても大丈夫。ただ、焦って四隅の結界箱を動かすのはやめてね」

「うん！」

急きょやってきた小さい子は多少は奇異な目で見られたが、それは本人が気にしなければいいことだし、そもそもエドがやってきたのはアンをここに連れてくるためではない。

「今までは、地元のハンターと、依頼に応えてくれたハンターで十分だったが、今回は騎士隊が来てくれてもまだ足りないと聞いてな。ハンターじゃなくても、屈強で役に立ちそうな男たちを集めて連れてきた」

後ろの馬車からぞろぞろと降りてきたのは、どう見ても農民だった。なぜなら、それぞれが鍬《くわ》や鋤《すき》を持っていたからだ。

「ガーディニア付近の農地にもたまにクサイロトビバッタが侵入してくることがあるんだ。数が少なければ害がないかというと、あの大きさだろう。一匹でも農作物の被害がすごいことになる。だから、農業をやっている者は、たいてい退治の経験があるんだ」

そんな農民たちに声をかけたら、自分たちの農地がやられる前にバッタの討伐に参加したいということで、付いてきてくれたそうだ。

「ハンター諸君の邪魔にならないようにしながら、一匹でも多くのクサイロトビバッタを間引けるのではないかと思ってな。もちろん、追加の食料や布団なども用意してきてある」

妻のラティをニコニコしながら見つめるだけの領主だと思っていたサラは、その行動力に驚いた。よく考えたら、無駄だと思われながらもきちんとクサイロトビバッタの観察を続けているのは、この領主がいるからこそなのだ。

「それならサラは、今日は麻痺薬を作るほうに手を貸してほしい」

クリスの願いにサラはリアムのほうを確認する。

「サラが残れないなら、クンツは残してほしい。彼がいるだけで散布の効率が段違いだから」

リアムの要求にクンツを捧《ささ》げて許可をもらい、エドモンドに頷いた。

「わかりました。それならアン、こっちで調薬を見ながら狩りの見学もしたらいいよ。結界箱はそっちに設置するから」

ノエルが出した長机にサラの長机も足して、ノエルの左にクリス、右にアンとサラ。アンのためには椅子も用意する。

アンが真ん中になるように結界箱を置く。サラは移動する可能性があるので、サラのバリアに頼るのは危険だからだ。

「アン、クサイロトビバッタを見るのは初めてですね」

「はい」

サラが説明しようとしたら、ノエルがもう解説を始めている。話をしていても、動かす手は正確なのはさすがである。

「遠くから見ると小さく見えますが、アンだと抱えていられないほど大きいです」

「わかります。狩りをしている人と比べると、すごく大きいですよね。形は日本のバッタと同じなのに」

「さすが同じ国から来た招かれ人です。サラが言っていたことと同じですね」

ノエルが頬《ほお》を緩めるが、すぐに厳しい顔に戻る。

「退治とは殺すことです。見ていて具合が悪くなりませんか」

「今のところ大丈夫です」

いい感じでアンの相手をしてくれているので、サラは久しぶりの調薬に集中することにした。

麻痺薬をすりつぶしたり、魔力を一定に注ぎ込んだりするのは、バッタの数を減らすよりもずっと楽しい。そしてその間にも、ノエルがポーションとは何か、麻痺薬とは何かなどを、ゆっくりとアンに教えている。あまりにも教え上手なので、話の合間に、サラはノエルに尋ねてみた。

「ノエルは王都では後輩はできたの？」

「はい。でも、教えているのは薬師になる前の見習いです。新人薬師は、僕より年上の人が多いですし、後輩といっても正直やりにくいですよ」

いくら才能があっても、年齢の問題はどうしようもない。

「何をやっても、最年少というだけであれこれ陰で言われるんです。だからもう、好きにやっちゃおうと思って。宰相家のヒルズ兄弟という家名も、使えるんなら使います。今回みたいに行ってみたい場所に行くのにとても便利です」

「さすがリアムの弟って感じ」

「その言い方はちょっと嫌です。それに、今回少し、兄さんを見直したでしょう」

「うーん」

サラ自身も意外なことに、今回リアムとはなんの衝突も起きていない。

騎士隊が派遣されてきたことについても、麻痺薬の実験をしたいという意図があったにせよ、チャイロヌマドクガエルの時よりずっと効率よく実行されていて、文句をつける部分がない。

サラが手伝っているのはあくまでさらなる効率のためであって、騎士隊に不足があるからではないのだ。

それに、ついにサラに興味がなくなったのか、意味深な発言をしなくなったのも気楽だ。

「仕事に関しては文句なしだよ。それに、もう婚約者殿とか言われないのが一番助かるよね」

「兄さんは人気なんですよ。招かれ人と婚約か、という噂が流れて、ハンカチを涙で濡《ぬ》らしたご令嬢が少なからずいたと思いますね」

「じゃあ、婚約話がなくなって、喜んでる人も少なからずいるということだよね。副隊長にもなったし、よかったじゃない」

「それが嫌で自らこんな田舎に来ている可能性がなきにしもあらずです。副隊長になったのだから、自分が直接来る必要もないんですよね」

アンがキラキラした目でサラを見ているが、アンが期待しているような恋愛話ではない。

「私は誰とも婚約してないからね」

「残念！」

サラは苦笑したが嫌な気持ちではない。サラだって、もし友だちに婚約者がいたら、目をキラキラさせて楽しい気持ちになると思うからだ。だが、ノエルがこんなことを言い出したときは危うく調薬を間違えそうになった。

「アン。婚約に興味があるなら、僕と婚約しますか？」

「ノエルと？」

ノエルは、かすかに笑みを浮かべた。サラと違って調薬の手は確かだ。

「もともと、ヒルズ家として、東部に現れた招かれ人に挨拶に来るのが目的でもありましたからね。一足飛びに婚約者になったとしても、僕はかまいません。ただし、僕も」

ノエルは今度はニヤリと悪い顔をする。

「サラの元、婚約者候補ですけどね？」

「ええ？」

アンのびっくりした顔がおかしくて、思わず笑い出してしまった。

「ラテイもそうだけど、この世界の人はみんな、招かれ人は大事に囲わなきゃ、って思ってるみたいなんだよね。放置されたり冷遇されたりするよりよっぽどいいとは思うけど。婚約の話はこれからも来ると思うから、覚悟しといたほうがいいよ」

アドバイスするサラにかぶせるように、ノエルもとんでもないことを言い始めた。

「とりあえず、婚約者よけのために、僕を仮の婚約者としてもいいと思いますよ。僕だってまだま だ結婚するつもりはないし、お互いに利はあると思うんですよ」

「はあ」

まったく気乗りのしない様子のアンの反応に、サラは思わずにやけてしまう。

「ほんとだ。自分の婚約話は面倒だけど、友だちの婚約話は楽しいや」

「もう。サラったら」

プリプリしているアンもかわいらしい。

「ゴホン。でも、はっきりさせておきたいんですけど、ノエル」

「はい」

咳払《せきばら》いをして、なんとなく居ずまいを正すアンに、ノエルも真面目な顔で返事をする。

「私は、本当に好きな人ができたときに、胸を張って好きと言える立場でいたいです。だから、仮にでも婚約者は欲しくありません。ごめんなさい」

アンは頭を下げる。ずるいことのできない子なんだなあと、サラは温かい気持ちになる。

「あーあ。招かれ人二人に振られたの、僕だけじゃないですか？」

おどけるノエルは、本当にいい人なのだ。

「仲のいい友だちってことでいいじゃない。それだって、招かれ人とのつながりには違いないんだし」

サラの提案に、ノエルは微妙な顔だ。

「そうでしょうか。うん、そうですね」

「私も！　私も友だちってことでお願いします！」

にぎやかな薬師の机の前では、討伐の人数が増えたため、クサイロトビバッタの数が目に見えて減っている気がする。

「あれ、でも、どこまで減らしたらこの依頼は終わるんだろう」

頭によぎった疑問は、後でネリーに聞いてみようと思うサラだった。


日が暮れて宿舎に帰ると、人数が増えた夕食はにぎやかで、屋敷では上げ膳据え膳だったアンも、皆と同じテーブルで、量は少ないながらも皆と同じ食事をとっている。

自分で食器を片付けたことを褒められて、嬉しいようなそうでもないような複雑な顔をしていたのは、本来なら当たり前にしていたことだからなのだろう。

「まだ数日しかラティと離れていないが、だいぶのびのびと行動できるようになってきた。ラティも息子には過保護なことはなかったんだが、息子と娘ではこうも母親としての対応が違うものかと、私も驚いているんだよ。緊急事態に何を言っているんだと思うかもしれないが」

エドモンドは、ライやサラたちと同じテーブルについて、皿を片付けているアンのことを優しい目で見ている。

「母親が多少どうあろうと、子どもは順調に育つものだし、結局はアンも、ネフェルタリのように自立した大人になるだろうとは思っていた。現に息子たちはしっかりと自立したしな。だが、ラティがアンをあまりにも大事にしすぎて、どうしたものかと思っていたところだったんだ」

「それでネフェルとサラを呼んだのか？」

ライの質問にエドモンドは頷いた。

「なんとかしてほしいとまでは思わなかったが、アンが元気になるきっかけになってくれればとね。だが、思っていた以上だったよ。わざわざこっちまで来てくれて本当に感謝している。サラのおかげで、これから来る女性の招かれ人が、窮屈な思いをせず、さまざまな道を選ぶことができるようになるのかもしれないね」

「どうでしょう。でも、私のいた国でも、女性がどうあるべきかなんて一〇年経《た》てば変わってきていましたから、これからやってくる人は、もっともっと考え方が自由なんじゃないでしょうか」

百年前にやってきた人がいたとしたら、今よりだいぶ保守的な考え方だっただろう。その人なら、大事に囲い込まれることが嬉しかったのかもしれないのだ。

おなかがいっぱいになって少し疲れた様子のアンは先に部屋に戻り、サラはついに気になっていたことをネリーに聞くことができた。

「依頼がどこで終わるか？　それは、クサイロトビバッタの数が十分に減ったときか、相が戻ったときのどちらかだな」

「相が戻るって、緑色に戻るってこと？」

「そうらしい」

そうらしいとしか言えないのは、今までの依頼で相が変わったことがそもそもなく、変わって黒くなったときは、もう間に合わなかったからだそうだ。

「数が減ってきていたから少し気を抜いてたけど、実はけっこう危機的状況なんだってこと、忘れちゃだめなんだね」

自戒を込めた言葉には、ライが頷いてくれた。

「長い戦いになることを覚悟しなければならないな。エドが補給をしっかりしてくれるから助かっている。よき領主であり、よき夫であり、よき父であるな。ラティは幸せ者だ」

同じ領主として、父親として、思うところがあるのだろう。

「さ、明日も頑張るか」

少しずつ疲労も積み重なっている。早く休んで、明日も頑張るしかない。


そんな日々を数日過ごし、調薬と討伐を行ったり来たりしているサラだが、慣れてきたアンもちょこちょこと動き回ってお手伝いをしてくれるようになった。元がすでに高校生だったからか、しっかり物事を見ていて、サラが魔の山にいた頃のように十分に役に立つようになっていた。

それと同時に、興味の向く方向もはっきりしてきたようだ。

「うーん、残念」

サラはノエルやクリスと並んで調薬しながら、休んでいるハンターにお水を持っていっているアンを眺めている。

「何がですか？」

ノエルが不思議そうだ。確かに残念に思うような出来事は見当たらない。

「アンがね、あんまり薬師に興味がなさそうだってこと」

「ああ。確かにそんな感じですね」

サラにとっては、薬草を採取することも、それを使ってポーションを作ることも全部楽しい。だが、すべての人がそうではない。サラがハンターという職業に魅力を感じないのと同様に、アンも薬師には魅力を感じないのだ。

「同じ招かれ人で、同じ女性だから、きっと同じ仕事を選ぶって、無意識に考えてたのかな。だから残念って思ったんだと思う」

「薬師はエリート職ですから、学ぶ機会があるのに興味がないなど何事か、と言いたい気持ちはあります。なりたくてなれるものでもないですし。ですが、そもそも、なりたくないのであればどうしようもありません。アンに精緻な魔力操作ができるかどうかもわかりませんし、ね」

ノエルはアンが薬師になろうがなるまいがどうでもいい、という口調だ。

「夜の食事の時も、狩りの話が出ると目を輝かせているし、年の近いアレンとかクンツを紹介したほうがいいかな」

「うーん。サラは面倒見がいいですね。僕ならこのやたら忙しいときに、誰かに紹介されたくはないですね。そんな時間があったら休みたいです」

「自分を婚約者にどうですかって言ってたのに」

サラはノエルの冷たい言葉に口を尖《とが》らせた。

「それはそれ、これはこれです。隣で話を聞かせるくらいならしますけど、薬草のすりつぶしの基礎から教えるとなったら、それは面倒だから嫌です」

「確かにね」

今は依頼を受けている最中で、しかもまだ終わりが見えていない状況だ。招かれ人の面倒を見ることまで考えている余裕は本来ない、ということを自覚しないといけない。

「でも、小さい子には何かしてあげたくなっちゃうよね」

「なりませんね、僕は」

「ハハハ」

厳しいノエルに苦笑いしつつ、調薬を続けていたら、いつの間にかアレンが戻ってきていた。

「サラ、ただいま」

「アレン、おかえり。休憩？」

「そう」

このやり取りをしていると、まるでハイドレンジアにいるみたい、とサラは楽しい気持ちになる。

アレンは、アン用に用意してある椅子に、遠慮なくどかりと座り込んだ。

「こっちで休憩、珍しいね」

「さすがに疲れたんだよなあ」

アレンはお茶や軽食の用意してあるハンターの休憩所のほうにちらりと目をやると、座ったまま
サラのほうに体を寄せた。

「あのさ、サラ。内緒でヤブイチゴのジュースをくれよ」

「ヤブイチゴは使っちゃって、まだ新しく作ってないけど、他の果物でもいい？」

「いい。あと、サラのコカトリスサンドが欲しい」

「いいよー」

よほど疲れたのだろう。休憩所のお茶はお砂糖も自由に使えるから、うんと甘くして飲めばいい
のだが、たまには別のものも飲みたいよねとサラは一人頷いた。それから収納ポーチからさりげな
くジューンベリーのピューレを出して、水で薄めてカップに注ぐと、冷たくして手渡してあげた。

もちろん、ノエルの前にもカップをそっと置いてある。

「うまいな。生き返る」

「ポーチの非常食も、まだまだ役に立つね」

もう、何ヶ月分もポーチにしまっておく必要はないのだが、それでも念のためにとポーチに弁当
や飲み物を入れてあるサラなのである。

「サラのポーチの中身がそんなにいいものだと知っていたら、僕ももっと早く頼んだのに」

ノエルは調薬がひと段落してからカップのジュースを一口飲み、悔しそうにしている。

「休憩所では、休めませんか」

ノエルがカップを傾けながら、たいしたことでもないようにアレンに尋ねた。

「いや、別に」

アレンはすぐに否定したが、苛立たしそうにカップをグイッとあけると、テーブルの上にとんと置いた。

「本当は、ちょっとな。ハンターでは俺が一番年下だから、小さい子の相手はお前がしろって雰囲気になるのが面倒くさい」

一生懸命お茶の用意をしているアンに対して、相手をするも何もないと思うのだが、からかわれているのだろうか。

「その雰囲気につられるのか、年が近くて聞きやすいのか、あの子もハンターのあれこれについて聞いてくるからさ。そういうのは、落ち着いてからギルドで聞いたらいいと思うんだ。俺たちとは立場が違うんだからさ」

「初めて屋敷の外に出たみたいだから、あれこれに興味があるんだろうね。ハルトと同じ、ハンターになる可能性もあるんだなあ」

日本にいたときの年齢がアレンに近いから話しやすいというのもあるのだろう。逆にアレンは年下のハンターがほとんどいないから、話し慣れていないのだと思う。

サラはアンの可能性に思いを馳《は》せて、ちょっとワクワクした。ネリーのように女性のハンターもそれなりの数がいる。決して実現できない道ではない。だが、同時にアレンの言い方にトゲを感じる気がする。

「なろうと思えばなれるんじゃないか。家もあって、金持ちの養い親がいる。俺たちみたいに雑用をして金を稼ぐ必要もないし、ハンターになりたければグライフ家がなんでもやってくれるだろ」

「アレン……」

サラの感じたトゲは、錯覚ではないようだ。

アレンはどこか投げやりにそう言うと、それ以上何も言いたくないというかのように、サラが用意したコカトリスのサンドをもぐもぐと頬張《ほおば》った。

「じゃ、行ってくる」

「気をつけてね」

「ああ」

言いすぎたと思ったのか少し気まずそうに狩り場に走り出ていったアレンを、サラは戸惑いながら見送った。

「そういえば、最近夜も同じテーブルでご飯を食べなくなったかも。久しぶりにちゃんと話した気がする」

討伐の人数が増えてからは、アレンはクンツと一緒に、ハンターのテーブルで食事をとっている。逆にサラのいるテーブルには、エドモンドとアンが加わった。

疲れやすい小さな招かれ人のことでサラの頭の中はいっぱいで、いろいろなことに気がついていなかったのかもしれない。

サラはしおしおとした気持ちでうつむいた。

「私ね、昨日初めて、この討伐はいつ終わるんだろうって思ったの」

「それはずいぶんのんきですね、サラにしては」

「うん。どんな魔物の討伐でも、早く終わりますように、誰にも被害が出ませんようにって願いながら仕事をしているのに、今回はそんなこと全然考えられなかった」

そうして、サラと同じように、誰もが招かれ人のアンの成長に興味を持ち、協力してくれると勝手に思っていたのだ。

「私、同じ境遇の招かれ人が来たから嬉しくて、そっちにばかり目がいって、浮かれてたんだね」

サラのつぶやきに、ノエルは肩をすくめただけだった。いいとも悪いとも言わない。

「僕は、いつものサラなら、自分を守る手段のない子どもが前線に来るのを、許さなかったと思います。たとえその子どもが招かれ人でもね」

「そうかもしれない」

ハンターの休憩所に行くようになったから、結界箱は今はそこに設置してある。だが、うろうろと動き回るアンは時にはその範囲から外れることもあるのに、サラはあまり気にしていなかった。バッタの数が少なくなってきたからという安心感もある。だが、まだ討伐は終わってはいない。

アンは確かに招かれ人だが、自分とは違って無力だということをうっかり失念して、自分と同じに考えてしまっていたのかもしれない。

「うう、反省しないと」

「いつものサラでないからといって、何も悪いことはありません」

ノエルはきっぱりと言ってくれた。

「アンのことについては、サラが誘ったわけではありませんし、連れてきたのはグライフ家です。安全を確保すべきなのも反省すべきなのもグライフ家の方々ですから、サラが反省する必要はありませんよ。それに」

ノエルは狩り場のほうに目をやった。

「かまってくれないからといって甘えたり拗《す》ねたりするハンターに、まともに相手をする必要もありません」

「はい……」

アレンのことをばっさり切り捨てるあたり、とても年下とは思えないノエルである。

「もう一つおまけに言いますが、婚約したからと浮かれている大人も同じです。同じ招かれ人だからといって、サラだけがアンのことを気にかけなくてはいけないということはないんです」

「はい……」

東部に来るにあたって、依頼だけではなく身内からの招きやいろいろなことが混ざり合って、サラにとって一番重要なのは何かということが定まらずふらふらしていたのだと思う。

それを教えてくれるだけでなく、重荷も取り払ってくれたノエルには感謝しかない。

「ノエルにとって、今回一番大事なことは何？」

「僕ですか？　もちろん、このクサイロトビバッタの騒動がどう終結するかまで観察し、記録することです。毎日宿舎に戻ってから観察記録を書いているんですよ。そのためにお休みまで取って自発的にやってきたのですから」

ノエルは自慢げに鼻を高くした。

「最後に、過去の記録を写させてもらって、レポートをまとめ、求められれば各所に提出します」

ノエルは楽しそうに、すべきことを挙げた。

「不謹慎と思われるかもしれませんが、サラと知り合ってからいろいろなことが起きて、僕はわくわくする気持ちが止められませんよ」

わくわくするノエルには申し訳ないが、これだけは言っておかなければならない。

「タイリクリクガメも、ここのバッタの件も、私と知り合ったことと何も関係ないからね？」

「そうかもしれませんね」

そうではないような気がするという含みが感じられるが、確実に関係ないと言いたいサラである。

その日の夕食後、ノエルに何か言われたのだろう。

「ちょっと話したいことがあって」

と、アレンが呼び出しに来た。サラは首を傾《かし》げたが、アレンと話すのはいつでも歓迎なので、素直に付いていく。周りの人も二人の組み合わせに慣れているので誰も気にしていない。

昼のことなら、話し方にトゲがあるなとは思っても、サラが攻撃されたわけではないので、全然怒ってはいないのだが、何の話だろうと疑問に思う。

宿舎の外に出て、並んで歩く。暗いので、サラはほわんと明かりをつけ、バリアで囲った。それを風船のように頭の上に浮かべると、自動で付いてくる明かりのできあがりである。

ゆっくりと歩きながら、ノエルとサラが机を置いているあたりまでやってきた。毎日使うので、最近は片付けもせず、出しっぱなしだ。

明かりの届くぎりぎりの端では、じっと動かないバッタが黒光りしているので、なるべくそちらは見ないようにする。

「昼は当たり散らしてごめん」

アレンが頭を下げる。

「全然気にしてないよ。疲れているんだなあとは思ったけど」

「終わりの見えない討伐って、つらいよな」

「うん」

サラはなんとなく手持ち無沙汰で、明かりをもう一つ作り、頭の上に浮かべてみた。

「俺さ、冷たいことを言うようだけどさ」

アレンの考える冷たいことってなんだろうとサラは不思議に思う。

「アンとは、特に親しくなろうとは思えない」

急にアンの話になって驚いたし、それはサラには思いもよらないことだった。

「人とどう付き合うかは自由だから、別にかまわないけど。わざと冷たくしたり、意地悪したりするってことじゃないよね？」

「そんなことはしないよ」

アレンは苦笑して、机に座ると、二つ浮かんだ明かりを見上げた。机に座るなんて行儀が悪いけど、サラも並んで座る。

去年タイリクリクガメを倒したときより、アレンはまた少し背が伸びて大人っぽくなった。一方でサラは完全に身長は止まってしまった。背が伸びるという転生特典を付けてくれてもいいのにと思うが、日本にいた頃と同じ大きさの体は、使い勝手がいいことは確かだ。

「俺、招かれ人のサラと仲がいいから、アンとも仲良くするんだろって目で見られるんだよ。俺だけじゃなくて、クンツもだ」

「友だちの友だちは、友だちになりやすいもんね」

アレンも一つ、手の上に小さな明かりを作った。

「クンツはアンが招かれ人かどうかはあんまり気にしてなくて、普通に近所の妹の友だちみたいに、自然に向き合ってるけど、俺は嫌なんだ」

アレンの気持ちがいまひとつわかりにくいが、嫌なものは嫌なのだろうとサラは頷いておく。

「アンが悪いわけじゃない。けど、アンを見るたびに、同じ頃、ローザで俺たちがどんなに苦労してギルドに入るための金を稼いだかを思い出して、比べてしまうんだ」

「アレン」

アレンは手のひらの上の明かりをぎゅっと握りつぶした。

「楽しかったこともいっぱいあったさ。けど、お金をためるために腹が減ってどうしようもないときがあったこと、町に入れず一人で寝るしかなかったこと、町の奴らからゴミ扱いされたこと、それらすべてを、なんでかあの子を見ると思い出すんだよ。思い出して、嫌な気持ちがこみあげる」

今やアレンは、タイリクリクガメに剣を刺すことができた唯一のハンターとして、憧れられる立場だ。実力も申し分なく、たった一六歳なのに十分稼いでいてお金に困ることもない。

「あの子だって、ほんとの親からは引き離されて、もといたところでは病気でつらかったんだろ。ただのお嬢様じゃないってことはわかってる。だけど、サラはあんなにちやほやされてなかった。何もかもおぜん立てされて、馬車で連れてきてもらい、疲れたら毛布にくるまって、ニコニコしていればいいなんてことはなかった」

「アレン。私は別に、全然つらくはなかったよ。ちやほやされたいタイプでもないし、つらかったのはネリーと会えなかったことだけだもの。あと薬師関係」

「知ってる。でもなんでかな。俺がつらいんだ。俺が腹が立つんだよ」

アレンは左のこぶしで自分の胸をとんと叩いた。まるで、そこが苦しいのだというように。

「本来、サラが受けるべきだったのは、あんなお姫様みたいな扱いのはずだったんだろ。なんでだよ……」

サラとアレンは、苦しかった時期にあまりにも強く結びついていたため、サラの不幸せをまるで自分のことのように感じてしまっているのだろう。

同時期に招かれ人が来るというのは珍しいことだ。だから比較もしてしまうし、もやもやした気持ちにもなる。だが、サラはすぐにその気持ちとは折り合いがついていた。なぜなら、サラは全然不幸せではなかったからだ。

「でも私は、お姫様みたいだからって、アンと人生を取り替えたいとは思わないよ」

サラはギュッと握ったアレンのこぶしに手を添えて開かせ、その上に明かりをぽうっと浮かばせた。冷えて固くなった心にも、明かりが灯《とも》りますようにと願いを込める。

「取り替えたら、ネリーとも会えなかったし、アレンとも会えなかった。私が魔の山に落とされたからこそ、今の自分でいられるんだもの。アレンが苦しむことなんてないよ」

「うん。わかってはいる」

生き抜くしかなかったときは、つらいかどうかなんて考えている暇もなかった。こうして豊かに過ごせるようになって初めて、苦しかった自分たちをゆっくり思い返す余裕ができる。もう戻れない過去の自分に寄り添い慰めるのは、自分しかいないのだ。

「私たち、不安だったけど、頑張ってたよね」

「うん」

「私たち、どうしようもない状況の中で、偉かったよね」

「うん」

アレンの手のひらの上に作った明かりを、風船のように上に浮かばせる。

「明かりが三つ。楽しいね」

アレンは頭上の明かりに手を伸ばした。

「何人招かれ人が来ようと、俺の招かれ人は、サラだけ。サラ一人だけだ」

それはまるで何かの誓いのようで、どう答えていいかわからないサラは、一緒に明かりに手を伸

ばしてみる。

腕と腕がこつんとぶつかったことが、どうしようもなくおかしくて、思わず二人で笑い出してしまう。

そうしたら自然に言うべきことがわかった。

「ありがとう」

「うん」

今はその答えで十分だ。

どちらからともなく、机から滑り降りる。

「戻ろうか」

「戻ろう」

三つの明かりを引き連れて、笑いながら宿舎に戻ったら、宿舎の入り口では腕を組んでネリーが待っていた。

「気が済んだか」

その目はアレンに向いている。

「ああ」

「ならいい」

心配して待っていてくれたのだろう。嬉しくてネリーに笑いかけると、その後ろにバツが悪そうな顔でクンツが控えていた。

「どうしたの？」

「いや、気になるだろ」

サラが首を傾げていると、クンツの後ろからクリスも顔を出した。

「大丈夫だ」

何が大丈夫なのかサラがいっそう首を傾げると、クリスはサラを安心させるように大きく頷いた。

「明かりが三つあったおかげで、二人の行動はすべて見えていたからな」

「はあ？　そんな馬鹿な！」

アレンはクリスの後ろをのぞき込むと、珍しく真っ赤になった。特に赤くなるようなこともないと思うサラだが、

「うわあ！」

と叫んで、アレンはどこかに走っていってしまった。

「クリス、真実は時には痛いです。黙っていることも必要ですよ」

クンツがクリスに言い聞かせている。

サラもクリスの後ろをうかがうと、あえて視線を合わせないようにしているハンターたちが不自然にうろうろしていた。

明かりをつけたのはまずかっただろうか。

「だって、暗いと足元が危ないと思ったから……」

「サラはそれでいい」

ネリーはサラの肩をポン、と叩くとハンターたちのほうを向いて一言だけ発した。

「解散！」

「うえーい」

ハンターたちは意味不明の返事をしてだらだらと去っていった。

「依頼がなかなか終わらなくて、皆、娯楽に飢えてるんだよな」

「娯楽って」

クンツの言葉にサラは苦笑した。

だが、今日一日で、ふわふわしていた気持ちが一気に引き締まったような気がする。

「明日からも頑張ろう」

一匹でも多くのバッタを倒すしかないと、決意する夜であった。

第三章　飛ばせてはならぬ

たくさんいるハンターの中でアレン一人くらい、アンを避けようが避けまいが気づかれもしない。むしろ張り切って狩りを続けるアレンを皆、温かい目で見ているような気がする。

気持ちを切り替えたアレンにハンターたちも影響されたのか、その日の狩りでバッタはずいぶん減った。バッタの相は変わらないものの、あと数日でほぼ狩り尽くせるのではないかと安堵《あんど》の空気が流れた次の日のことである。

「大変だ！」

日が差す時間に合わせて早めの朝食が出されている食堂に、朝一番で狩り場に観察に出ていた地元のハンターの声が響いた。

「卵が！　卵が大量にかえり始めている！」

ガタガタと立ち上がったのは後から来た農民たちで、席についていたハンターたちは、もくもくと朝食をかき込んでいる。

そもそも今までも、狩るそばから卵が孵化《ふか》していたので、いまさらという気持ちもあるのだろうが、これから大量のバッタを狩るのならば、腹ごしらえが大事だという冷静な判断もあるはずだ。

やがて朝食を食べ終えたハンターたちは、次々と宿舎を出ていく。

サラも食事を済ませると、いつも調薬している長机の前に急いだ。

「ノエル。クリスも」

「サラ。すごいです。こんなのは初めて見ました」

すでに机の前に来ていたノエルはいつもなら始めている調薬もせずに、呆然《ぼうぜん》と目の前の狩り場を見つめている。

クリスも調薬をせず腕を組んで狩り場を見ているが、ノエルよりも冷静に観察しているように見える。サラもその視線を追ってみた。

「うわっ」

どこに卵が埋まっていたのか、地面からみりみりとせり上がるように薄緑色のバッタが一面に生まれ出ている。

「孵化したてで柔らかいうちに叩《たた》きつぶせ！」

残酷だが、そうするしかない指示がネリーから飛ぶ。

騎士隊も今は麻痺《まひ》薬を使っている場合ではない。

「戦う力のない僕たちは、いざというときのために、ひたすら麻痺薬を作りましょう」

「そうするしかないね」

目の前で起きているのは数の暴力だ。

生まれ出てくるバッタをとにかく叩いていくしかない単調な作業である。

「いつ産んだ卵なんだろう」

「おそらく、今年でしょうね。クサイロトビバッタの卵は、冬を越すものの他に、その年に産んでその年にかえるものと二種類あると、文献にありました」

「今年たくさん生まれたクサイロトビバッタが、もうたくさん卵を産んでいたってことか。それってすごくたくさんってことだよね」

語彙《ごい》力のない自分を許してほしいと思うサラである。

「すごくたくさんってことです」

賢いノエルでさえ、語彙力を失ってしまうほどひどい状況だということになる。

「サラ」

「はい！　どうしました？」

目の前のバッタに気を取られていたサラは、後ろから声をかけられ困惑し、振り返った。

「エドモンドさん。アンも」

さすがに非常時だから、アンは宿舎の中にいるものだと思っていたサラは、エドモンドに連れられているアンを見て戸惑った。

「申し訳ない、今日はアンをハンターのほうには行かせられないから、ここで預かってはもらえないか」

昨日まではハンターにも余裕があって、アンのお手伝いも順調だったが、今日はそれどころではない。休憩所に小さい子どもがいたら邪魔なのだ。

「正直に言って、バッタはレンガ造りの建物には興味を持ちません。建物の中のほうが安全ですから、今日は宿舎にいたほうがいいです」

サラが何か言う前に、ノエルがきっぱりと断ってくれた。

「だが、私も今日は一日外であれこれの手配で忙しく、一緒にはいられない。それなら、アンも同じ招かれ人と一緒のほうが安心だろう」

エドモンドの気持ちはわかるが、子どもの安全を守る保護者としての意識が甘すぎる。

アンの安全確保はグライフ家の責任であって、サラが反省する必要はないと、昨日ノエルが言ってくれた意味が初めてわかった。アンに対する態度に問題があるのはラティだけではないのだ。

「サラは、必要に応じて戦闘にも加わるし、調薬もします。ここにずっといられるわけではないので、今日はサラをあてにするのはやめてください」

「わかりました」

しっかりと返事をしたのはアンだ。

「もともと、ちゃんと言うことを聞くという条件で連れてきてもらったんです。今すぐ戻って、宿舎で仕事をしている皆さんと一緒にいます」

一人でいると、かえって危ないということをわかっているのだ。

「非常事態だから、そうしてくれると助かるよ」

「はい！　エド、私、戻りますね。ちゃんとおとなしくしているから」

アンはエドモンドにもちゃんと断ると、宿舎のほうにすたすたと一人で歩き始めた。アンのほうがよほどしっかりしている。

「エドモンドさん。申し訳ありませんが、アンを宿舎まで送り届けてあげてくれませんか」

「そ、そうだね。仕事はそれからでも間に合うか……」

責任者の一人として、補給の手配や何かで忙しいのだろう。それでもアンの後を追いかけようとしたときだ。

ジジジ。

サラは耳慣れない音にあたりを見回した。

何かがこすりあわされるような低い音が、狩り場のあちこちから聞こえてきている。

「バッタならチキチキいうはずだし」

何が起きているのかわからないサラの隣で、ノエルが息を呑《の》んだ。

「サラ！　バッタが！」

「バッタ？　あ！」

ジュッという、焼けた金属が水に浸されたような音と共に、黒い影が顔の真横をすり抜け、風がサラの髪を揺らす。

クサイロトビバッタだ。

「跳んだ？　アンは！」

振り返るより前に、バリアを横に大きく広げる。

「きゃあ！」

しゃがみこむアンの目前でバッタがバリアに弾《はじ》かれた。

「間に合った！　アン！　目をつぶってて！」

サラはそのままアンをバリアで包み込むと、バリアごとグイッと引き寄せ、ふわりと自分のそばに下ろした。

「え？　私どうして？」

「いったい何がどうなった？」

浮遊感が収まって戸惑うアンとエドモンドには、ノエルが後で説明してくれるだろう。

今、調薬の長机の周りにいる人はサラのバリアで守られている。

だが、その周りをビュン、ビュンと大きな音を立てて、次々にバッタが跳びはねていく。

「始まってしまいましたね……。恐れていた大災害が……」

ノエルのつぶやきに、エドモンドがガクリと膝をついた。

「なんということだ……。これでもう終わりだ」

いっときより、バッタの数は目に見えて減っていた。視界を埋め尽くすほどの移動にはならないはずだが、今年の作物の収穫は絶望的だろう。

だが、サラにはまだできることがある。

サラは急いでポーチから結界箱を出すと、長机を囲うように結界箱を置いていく。

バン！

さっそくバッタがぶつかって落ちたので、これで結界箱が効いていると確認できたサラはほっとする。

「この結界箱の範囲から出ないでください」

そう言い置くと、サラは長机の前に回りこんだ。

これはチャイロヌマドクガエルが、カメリアの町に向かったときの状況と同じだ。

サラの前には、バッタが跳ねる前に一匹でも多く倒そうと必死なハンターたちがいる。こうなってくると、生まれたばかりのバッタは後回しだし、誰も飛び去ったバッタを追いかけている余裕などない。

「ならばその余裕、私が作ってみせる」

あの時は、押し寄せてくるカエルに向けて、盾を逆向きにしたようなバリアを作り、その進行を妨げたサラである。

「けど、その盾のイメージでは、飛んでいくバッタが両側からはみ出てしまう。高さは必要ない。横に長いバリア。どうする、私」

考えていた時間は長くなかったと思う。

「羽には羽をだ。翼を、バリアで！」

サラは両腕を真横に広げ、自分の手に翼が生えた姿を思い描く。クサイロトビバッタが跳ねる範囲をすべて覆いつくすような、大きなしなやかな翼だ。

「魔法は、自分の思い描いたとおりに。バリア」

バサリ。

サラのバリアに音などしない。

だが、まるで鳥が翼を広げるように、サラのバリアが広がっていく。

「ガン！　ガガン！」

バッタは、ぶつかった勢いそのままにバリアに弾かれ、あるものは落ちてひっくり返り、あるものは行くべき方向を見失ったようにふらつき、そしてあるものはそのままつぶれて動かなくなる。

「私のバリアは、ワイバーンをも弾く、絶対防御！」

サラの声が狩り場に響く。バリアを張るまでに、いったいどのくらいのバッタが飛び去っていったただろうか。だが、それもこれまでだ。サラは声を張り上げた。

「もう一匹も行かせない！　今のうちに、お願い！」

「おう！」

すかさず響いた返事は、ハイドレンジアのハンターたちのものだろう。

同時にネリーの声が響き渡る。

「ハイドレンジアのハンターよ！　我々は飛んでいったバッタを追うぞ！　ガーディニアの皆は、残った奴らを片付けてくれ！」

ネリーが呼びかけた。

「おい！　そっちに走ったら、弾かれるぞ！」

残った地元のハンターたちが、バッタをバンバン弾いているサラのバリアを見て警告するが、ハイドレンジアのハンターたちは止まらなかった。

「おい！　嘘《うそ》だろ……。なんでハンターが弾かれない？」

敵は弾くが、味方は弾かない。

サラのバリアが結界箱とは違う特別仕様だということを、ハイドレンジアのハンターは知っているのだ。

「飛び去ったバッタの数、およそ五〇〇」

クリスのつぶやきにサラは驚愕《きょうがく》した。

ずっと静かにしているとは思ったが、バッタの数を数えていたとは知らなかった。

「私も、バッタを追う」

クリスは、薬師のローブを風になびかせて、ハイドレンジアのハンターの後を追った。

クリスが行ってくれると思うと、なぜか心強い。

サラは、イメージを膨らませるために上げていた両腕をゆっくりと下げ、肩の力を抜いて、バリアを維持するよう気持ちを整える。

「サラ、椅子に座りますか？」

「助かる」

ノエルが椅子を持ってきてくれたので、サラはそっと腰かけた。

これから長丁場になる。サラが疲れてバリアが維持できなくなれば、バッタがガーディニア方面に飛び去ってしまう。

「サラ、すごい……」

アンの感嘆の声に応える余裕もない。代わりにノエルが相手をしてくれる。

「しっ。何もしていないように見えるかもしれませんが、サラは今、広い範囲にバリアを張ることに集中しています。気を散らさないように、静かにしていましょう」

幸運だったのは、移動が始まったために、散らばっていたバッタがほとんどすべてバリアの前に集まってきたことだ。

「ううう。バッタがこんなに間近にたくさんいると、正直気持ち悪いよう……」

サラの目の前に、大量のバッタとそれを容赦なく狩るハンターがいる。

「でも仕方がない。作物のため、民が飢えないため……。集中、集中」

そう自分に語りかけながら、去年のタイリクリクガメの騒動を思い出す。

「あれも疲れたけど、とにかく動いてバリアで壁を作りまくってたから、少なくとも退屈はしなかったよね」

ぶつぶつつぶやいているのは、じっと座っていると、気が遠くなって集中が切れそうになるからだ。

「サラ、お昼です。食べられますか」

ノエルに声をかけられたときにはっとしたのは、半分意識がなくなっていたからだと思う。

「バリアは！」

「大丈夫です。切れていませんよ。朝から五時間以上、すごい集中力ですよね」

「半分眠ってた気がする」

魔の山にいたときからの習慣で、サラは寝ているときもバリアを切らない。基本のバリアは薄い皮膚のように、いつも自然にサラに張り付いている。

　大きなバリアだとしても、何時間もやっていたから、張るのに慣れてしまったのだろう。

「眠っていても大丈夫なら、食べても大丈夫そう」

　それでもバッタのいる前線から目を外さないようにしながら、ノエルが渡してくれた何かを挟んだサンドイッチをもぐもぐと口にする。食いしん坊なサラが具を確かめる気力がないということは、相当疲れているということだ。

「だいぶバッタも少なくなったねえ」

「バッタを探さなくても、自ら飛んで集まってきてくれましたからね」

「あ、アンは？」

「サラがバリアを張って通路の安全が確保されたので、宿舎に戻りましたよ」

　サラはほっと胸をなでおろした。

　もしバッタに体当たりでもされようものなら、大けがでは済まないかもしれなかったからだ。

「それにしても、サラのバリアは本当に応用が利きますね。私も今日のレポートがはかどりそうです」

　ノエルは満足そうに微笑《ほほえ》むと、レポートに書くという中身を教えてくれたが、聞かなければよかったと後悔した。

「ここで招かれ人サラは叫んだ。『もう一匹も行かせない！』」

「ギャー！　やめて！」

　思わずバリアが揺らぐほどの衝撃的な内容である。もっとも、最初はあられのようにバリアにぶつかっていたバッタの数もだいぶ少なくなり、時折ぶつかっている気配がする程度にまで落ち着いている。

「一切脚色なしの真実ですから」

「だからこそ恥ずかしい！」

これが黒歴史というものかと、サラは思わず天を仰いだ。

「おーい！　おーい！」

背後からネリーの声が聞こえる。

「終わった？」

気にはなるが、さすがに振り返れはしない。

「飛び去った分は、倒しきったぞ！」

とりあえずの報告に、残っていたハンターからわあっと歓声があがる。

なぜ倒しきったとわかるのかといえばもちろん、クリスが数えていたからに違いない。

あの状況で、誰もが気にも留めなかった、しかし大事なことを一人でやっていたかと考えると、クリスがいかに優秀であるかがわかろうというものである。

一〇人で、広範囲に飛び去ったバッタを五〇〇匹。さすがハイドレンジアのハンターだ。

「さあ、残ったバッタを始末するぞ！」

帰ってきたばかりなのに、ハイドレンジアのハンターは休みもせず狩りに合流した。

さすがのサラも、バリアを張るのに疲れて体がゆらゆらしてきたところで、近くにいた地元のハンターから声がかかった。

「招かれ人のおねえちゃん、もう結界を解いて大丈夫じゃないか？　もうほとんど跳ねてくるバッタがいなくなった」

「ほんとですか」

サラはざっと状況を見て、本当に跳びはねているバッタがいないのを確認し、ふっとバリアを解いた。

「あああ、疲れた……」

そして、へなへなと地面に崩れ落ちる。

「魔力には限界はないけど、体力と集中力には限界があるんだよねえ」

「十分以上です。立派です。お疲れさまでした」

ノエルの惜しみない労《いたわ》りがありがたい。

ハンターに申し訳ない気もするが、少しは休憩してもいいだろう。いつの間にか戻ってきていたクリスと並んで静かに調薬を続けるノエルの足元で、サラが膝を抱えてうとうとしていると、狩り場のほうから、ハンターたちがざわざわする気配がした。

目を閉じたまま、耳が拾った声がこれである。

「嘘《うそ》だろ。勘弁してくれよ……」

サラは重い瞼《まぶた》をやっと開いた。

「バッタだ！　バッタが奥のほうからまた飛んできやがった！」

サラがふらふらしながら頑張って立とうとすると、リアムが叫ぶ声がした。

「騎士隊！　奥へ走れ！　風向きよし！　地面に落とすために、麻痺薬を空中に広く散布する！」

サラは大丈夫かと不安になったが、クリスが安心しろというように頷《うなず》いた。

「サラもずっと見てきただろう。おそらく、今回の騎士隊は大丈夫だ」

サラはほっとして、また座り込んだ。サラはクンツと一緒に、ずっと騎士隊と行動していたが、確かに今回は間抜けなところも傲慢《ごうまん》なところもなかったと思う。

「麻痺薬の追加を届けてくるか」

クリスができたてほやほやの麻痺薬をポーチにしまった途端、狩り場からまた叫び声が聞こえた。

「麻痺薬を乗り越えてきやがった！」

「様子を見てくる」

走っていったクリスを見ながら、今度こそサラは立ち上がった。

疲れたとか、ふらふらするとか言ってはいられない。

「バリア！　あれ？」

サラの体を覆うバリアを、翼のように広げようとするが、途中で消えてしまう。

「サラ。どうしました？」

「バリアが広がらないの。どうしよう」

「ふむ。サラ、立ってはいますが、ふらふらして今にも倒れそうです。おそらく集中するだけの気力が足りないんでしょう」

「そんな」

皆きっと、最後はサラのバリアを期待しているはずだ。いまさらできないなどと言いたくはないし、なによりバッタをガーディニア方面に行かせてはならない。

サラは必死に気力を振り絞ろうとした。

「今は少しでも休んでください。ほら、もう日が陰ってきました。ハンターの皆があと少し、あと少し頑張ってくれれば夜が来ます」

空を見上げれば、太陽は狩り場に迫る山の端にかかろうとしている。日が暮れるまでにはもう少し時間があるが、それでもあたりには夕方の気配がし始めていた。その夕方の空に、すいーっと通り過ぎていくものがある。

「あ、トンボだ。やっぱり大きいなあ」

場違いなほどのんきな感想が出てくるほど、空は地上の混沌《こんとん》とは別世界だった。

「涼しくなって、餌が出てきたんでしょうか」

「よく見ると、いっぱいいるね」

忙しくて、空などゆっくり眺めている暇もなかったのだ。

いや、今も空など眺めている暇はない。

「麻痺薬も足りない！　とにかく狩れ！」

狩り場では奥から飛んできたバッタをどうにかしようと、騎士隊やハンターが疲れた体を動かしているのだから。

「いや、待って」

サラは頭の中に何か引っかかるものを感じた。

「夕方。トンボ。餌。ムラサキヤンマ」

「サラ？　どうしました？」

ぶつぶつとつぶやき始めたサラをノエルが心配そうにのぞき込む。

「ねえ、ノエル。トンボはバッタを食べると思う？」

「大きさ的にはいけるかもしれませんが……」

クサイロトビバッタは大きいが、サラが見たムラサキヤンマはもっとずっと大きかった。

サラは勢いよく足を踏み出そうとしたが、やはりふらついて倒れそうになり、ノエルに寄りかかってしまった。

しかし、言うべきことは言わねばならない。

「クリス！　クリス！」

「なんだ！　サラ！」

騎士隊の手伝いに参加しているクリスが返事をくれるが、サラも理路整然と話をする余裕はない。

「空！　トンボ！　ギンリュウセンソウ！」

「ギン……。忌避薬か！」

クリスはサラのまとまりのない言葉の真意をすぐにつかんでくれた。

竜の忌避薬と口にしたほうがずっと短くて済むのに、なぜかその単語がすぐに出てこなかったのだ。

「ほんの少しでいいはずです！　広範囲に撒《ま》き散らせば！」

「よし！　騎士諸君！　それにクンツ！」

サラもふらつく体を前に進めようとした。大きな翼は無理だけれど、バッタの上にかぶせるくらいの範囲のバリアならきっと作れるはずだ。サラのバリアがあれば、竜の忌避薬を効率的に散布できる。

「サラ。ほら、おぶされ」

「アレン」

ずっと狩りをしていたアレンが、いつの間にかサラのもとに来ていて、有無を言わせずサラを背負うと、クリスのもとへと走ってくれた。

「竜の忌避薬を、できるだけ多くのバッタにかかるように拡散する。サラはバリアでその効果を増強してくれ。できなかったら無理はしなくていい」

クリスの言葉にサラはアレンの背中から頷いた。

「できるだけやってみます」

「いろいろ聞きたいことはあるが、今は我慢する。やってくれ」

時間がないのはリアムも承知だ。あれこれ聞くことなく、協力を約束してくれたことがありがたい。

麻痺薬とは違い、少しでも匂いが付けばいい。できるだけ高く、遠くへと放り投げられた竜の忌避薬の瓶が割れると、クンツをはじめとして、騎士だけでなく風を扱える魔法師が集まってできるだけ広く拡散させる。

「バリア」

サラは、跳びはねているバッタを、拡散した忌避薬ごと上から大きなバリアで押さえ込んだ。

「うう、バリアが不安定で消えそうだ」

「サラ、頑張れ！」

「うん」

バリアの中で、十分忌避薬が行き渡ったと判断したサラは、すうっとバリアを外した。

途端に、ギンリュウセンソウの花のいい香りがふわっと漂う。

「ああ、バッタがまた動く……」

忌避薬は、匂いを付けるだけだ。体を押さえていたバリアが外れると、バッタはまたチキチキと動き始めていた。

ビィーン。

ビィーン。

大きな弓を弾くような音があたりに響く。

「なんだ？」

「いったい何の音だ？」

左右を見渡すハンターたちは気づかない。

音は上から響いているのだから。

じっと上を見るクリスにつられて、一人、また一人、空を見上げては固まっている。

「トンボ？　なぜ？」

なぜかはわからない。だが、山脈で実験のために撒いたのとは比べ物にならないくらいの量の忌避薬は、その影で夕暮れが来たと思わせるほどの大量のトンボを呼び寄せていた。

「ゆっくりと下がれ。ノエルのいるあたりまで」

クリスの声は、静まり返った狩り場によく通った。

じりじりと下がるハンターたちが、バッタから少し距離を取ったとき、一匹のバッタがついに跳ねた。

ビィーン。

ビィーン。

トンボが一斉にバッタに飛びかかる。

「下がれ！」

「うわあ！」

今度は走ってノエルのもとに集まるハンターたちに、サラは匂いも封じるバリアをふわっと張る。

ハンターにも騎士隊にも、ギンリュウセンソウの匂いが付いている。トンボに襲われないとも限らない。

「このくらいの範囲なら、なんとか」

「もう少しだ。もう少しで夜が来る。頑張れ、サラ」

「うん」

百人以上のハンターたちが集まって、夕暮れ時のトンボの饗宴《きょうえん》を黙って見つめた。

大きなクサイロトビバッタも、地面から半分生まれ出ようとしている幼生のバッタも、もっと大きいトンボのがっしりした脚と顎《あご》につかまれて、空に運ばれていく。

「すげえ」

見る間にバッタは数を減らし、気がつけば空にトンボは一匹もいなくなっていた。

「終わった、のか」

誰がつぶやいたかわからない。だが、傾いた太陽の最後の光が消える頃、狩り場にはハンターたちの大きな歓声が響いたらしい。

響いたらしいというのは、サラは途中から気を失うように、アレンの背中で眠りに落ちていたからだ。


「うーん」

カーテンの隙間から朝日が差し込んでいるのが見えて、サラは飛び起きた。

「早く起きなきゃ！」

「まだ寝てて大丈夫ですよ」

「あれ？」

隣のベッドに腰かけて、ニコニコとサラを眺めていたのはアンだった。

「ネリーは？　遅刻？　バッタ……。うーん」

昨日のことを思い出しかけていると、おなかのあたりが得体の知れない気持ち悪さに襲われて、サラはベッドに仰向《あおむ》けのまま沈み込んだ。

「たぶん、水分が足りないんだと思います。はい」

アンがカップにそろそろとお水を入れて持ってきてくれる。サラは今度はゆっくりと起き上がって、カップを受け取ると少しずつ水をおなかに収めていった。

「昨日の夕方からずっと寝ていたから、おなかもすいてませんか」

「うん、すいてる気がする」

「じゃあ、食事をもらってきますね」

アンはドアを開けて出ていった。

「この間、気を失ったときは、確かそこにいたのはテッドだったな」

思い出して思わず噴き出すと、気分の悪さはだいぶ和らいだ。

「今回はアンね。気絶じゃないからまあいいかな」

アレンの背中にいたまま寝落ちしてしまったのだろうと思うから、ぎりぎりアウト寄りのセーフだと思いたい。子どもみたいでちょっと恥ずかしいだけだ。

「そういえば魔法を使えば元気になるって、アンが言ってたな」

サラは手のひらに明かりを一つ、ぽうっと灯《とも》してみた。

「うん、変わらないな」

考えてみたらいつでもバリアという魔法を発動しているのだから、明かりを出したくらいではたいして変わらない気もする。

「水を飲んだからか、気持ち悪いのもなくなったし」

残ったのは重だるいような疲労感だけである。

するとトントンと小さくドアを叩く音がして、今度入ってきたのはノエルとアンの二人だった。

「体調はいかがですか」

「大丈夫みたい。お水のおかげかな」

サラはノエルに返事をすると、手に持ったままだったカップをアンに返した。

「なんだか病人みたいな扱いだけど、ちょっと疲れただけだよ。それより状況は？」

昨日一日はあれこれあって、まるでクサイロトビバッタの騒動が終わったかのような気がしてしまうが、おそらく今日も地中の卵から大量のバッタが孵化しているだろうし、北のほうから新しいバッタが移動してきているかもしれないのだ。

昨日のようにバリアを張らなければならないほどではないかもしれないが、サラも少し休んだら、現場に出なければと気合を入れる。

「今朝の観察では、バッタはかなり少なくなっていました。ハンターたちも交代で休めそうなくらいですよ」

ノエルはニコッと笑顔を見せ、サラの手を取り、顔色を観察し始めた。

薬師としてのその行動は、テッドで経験があるし、自分でもやっていることなので、手を取られても驚いたりはしない。だが、やっぱりリアムの弟だから近くで見ると顔がいいなと、ちょっとドキドキするサラである。

「この顔色ならポーションもいりませんね。本当に疲れただけのようです」

観察が終わり、ノエルがほっと息を吐いたが、サラも緊張を解いた。サラが慌てて現場に出る必要はなさそうだ。

その向こうで、部屋の小さなテーブルの上に、アンがてきぱきと食べ物を並べていく。

「昨日のこと、たくさん聞きたいことがあります。バリアの件は、サラなら当然かと思うのでそれはいいとして」

「当然ではないし、よくもないよね」

サラとしては、理不尽な言いがかりにはいちおう突っ込んでおかなければならない。

ノエルは、サラの抗議にはニコリと笑みを浮かべただけだ。

「それはそれとして、なぜトンボのことを思いついたのかとか、いろいろです。ですが、それはちょっと後回しにして、新しい知らせがあるんです」

ノエルは、サラに手っ取り早く状況説明をしようとしてくれているのだから、これ以上突っ込まず静かに話を聞こうとサラはしっかりと体を向けた。

「昨日、夜になってからですが、ガーディニアからキーライがやってきたんです」

ノエルが話を続ける横で、アンがサラの手を引き、ベッドからテーブルに引っ張っていく。椅子にすとんと座らされると、食事を促された。

「食べながらでいいですよ。それでですね」

キーライまでやってくると思っていなかったサラは驚いたが、とりあえず目の前のほんのりと温められたパンを手に取り、ちぎって口にする。小麦とバターの香りに、途端に食欲が戻ってきた。

「麻痺薬やらポーションやらの他に、大量の飼料を持ち込んできたんです」

「飼料」

オウム返しのサラに、ノエルは詳しく説明してくれた。

「家畜の冬用の乾燥させた餌ですね。それから、刈り取ってきた新鮮な雑草類です。次から次へと出てくるものだから、収納袋の本領発揮という感じでしたね」

何が面白かったのか、ノエルの目がキラキラ輝いている。

「餌が足りなくて相が変わるのなら、餌を用意してみてはどうかと考えて、とにかく人手を集めて雑草類を刈ってきたそうです。今、残り少なくなったバッタに、試しに飼料を与えてみようということになっていますよ。サラも食事を終えたら見に行きましょう」

そわそわしているのは、早く見に行きたいからなのだろう。

そんな面白いことはサラだって見に行きたい。

なにより、昨日までの、一瞬も休む間のない討伐がひと段落し、お試しの実験ができるほど余裕ができたということが嬉《うれ》しかった。

行儀が悪くならない程度に急いで食事を終え、サラは自然とアンと手をつないで、宿舎の外に向かった。今日は少しは余裕があるということならば、アンを連れていってもかまわないだろう。

アレンがどう感じていようと、ノエルがどう考えようと、アンはやっぱり招かれ人仲間なので、見せられるものはなるべく見せたいし、積める経験はできるだけ積ませてあげたいというのがサラの本音である。

「サラ！　お疲れさま！」

「招かれ人だ！　昨日はすごかったな！」

すれ違う人が、次々とサラに声をかけてくる。

「ありがとうございます」

にこやかに返事をしながら、サラはこんなに表立って褒められたのは初めてかもしれないなあと思う。普段はサラ自身が目立つのも褒められるのも恥ずかしくて、ひっそりと行動しているせいでもあるかもしれない。

宿舎の外に出て、いつもの長机に向かうと、そこは昨日までとはまるで様子が違っていた。

「まだ狩りはしてるんだね」

薄緑色のバッタの幼生はいまだに生まれ出ているし、黒いクサイロトビバッタもあちこちでチキチキ音を立てている。

だが、圧倒的にその数は少なかった。

昨日は、ハンター全員が必死でバッタを討伐していたが、今日は半数は荒れ地に座り込んで休憩しているくらいだ。

「いや、休んでる人もいるけど、なんか人が集まってるとこがある」

狩り場の端のほうに、人だかりがしていた。薬師のローブが見えたような気がしたから、キーライもクリスもきっとそこにいるに違いない。

「行きましょう」

相変わらずアンと手をつないだまま、サラは急ぐノエルの後を付いていく。

近づくにつれ、シャクシャクという今までとは違った音が聞こえてくる。

四隅に騎士が立ち、その中に山盛りの草や藁《わら》が置かれ、数匹の黒いクサイロトビバッタが一心不乱にそれを食べているのだ。

「クリス」

振り向いたクリスは、サラの上から下までざっと目をやると、ほっとしたように力を抜いた。

「体は平気か」

「はい」

「よかった。昨日の英雄だぞ、サラは。よく食い止めてくれた」

手放しでサラをほめるクリスなど珍しい。

「私も頑張りましたが、飛び去ったバッタを追いかけて討伐した皆さんも、残った皆さんも頑張ったし、騎士隊も麻痺薬を撒いてたし、クリスなんてバッタの数をちゃんと数えてたし、結局は最後はトンボが全部持っていったんですよね？」

これがサラの認識である。

「本当に君は謙虚だし、周りのことをよく見ているな」

そう褒めてくれたのは、サラの姿を認めて歩み寄ってきたリアムだ。

「サラがあそこでバッタを食い止めねば、追いかけたとしてもとてもバッタを退治しきることはできず、ガーディニアに大きな被害が出ただろう。サラのバリアのおかげでバッタを集中的に倒すことができたんだ。それに」

まだ言い足りないようで、リアムは大げさなくらい両手を大きく広げた。

「トンボの件は、クリスから聞いたよ。サラがいなかったら、山脈でやった実験など思い出しもしなかったし、ここで応用できるとは思いつきもしなかったと言っていた。つまり、サラが言い出してくれなければ、今日のこの平穏はないということだ」

クリスに褒められることも珍しいが、リアムに手放しで褒められるということも信じられない状況で、サラはパニックを起こしそうだった。

だが、バッタを観察していたハンターたちも、かわるがわるサラのもとにやってきて口々に褒めたたえてくれた。

「でも、実際トンボが来るかは全然わからなかったし、来たとしてもバッタを食べるかどうかもわからなかったんですよ……。ほんとに偶然で」

もごもごするサラの声は、シャクシャクというバッタの咀嚼《そしゃく》音にかき消されてしまうくらい小さかった。

「さすが招かれ人だな、サラ。皆、よほど感動したのだろうな。サラのことを話す人が入れ代わり立ち代わり現れて、なんでもう少し早くたどり着かなかったのかと悔しくてね。あとたった三時間早く、ここに到着していたら見られたのに」

「いやいやいや」

そこにたたずんでいたキーライにまで褒められて、サラはもうどうしていいかわからないくらい真っ赤になる。

「ところでキーライ。なぜこれを？」

こんなときは話をそらすに限る。

「うむ。まず、私たち薬師ができることは、ポーション類を作ること以外ない。基本的には回復だな」

サラは真顔で頷いた。医師のいない世界で、市井《しせい》の民を癒《いや》したり、ハンターの怪我《けが》を回復させたりすることができるのは薬師の作るポーションだけだ。

「クリスが麻痺薬や解麻痺薬を研究し、より強いものを作っていると聞いたときは、なぜそんな無駄なことをと思っていたが、竜の忌避薬を作ったと聞いたときは呆然としたよ。私には、今までの薬を改善していくことにすら抵抗があったから、新しい薬を創り出すなどということは思いつきもしなかったからね」

「基本を大事にするという教えを、決して侮っているわけではありません。あれは大切な人を守るために、必要なことでした」

サラに聞かせるための話だったのだが、クリスは苦言を呈されたと感じてしまったようだ。

クリスの言い訳のような言葉に、サラはちょっと驚いてしまう。クリスなら誰に何を言われたとしても、まったく気にも留めないと思っていたからだ。

そんなクリスにキーライは優しい笑みを浮かべた。

「君が基本を侮っているとは思っていないよ。私の頭の固さを自虐していただけだ」

「キーライ、あなたが頭が固いなどということはありえません。周りに馴染《なじ》もうとしなかった若い頃の私を薬師に育て上げてくれたのはあなたです」

キーライはゆっくりと首を横に振った。

「君はもっと早く薬師になれたはずだ。もっと早く薬師ギルド長になれる実力もあった。私の力はその程度だったよ」

クリスの割り込みにより、サラの質問からどんどん外れていくが、クリスの若い頃の話を聞けると思えば、それはそれで楽しいものがある。サラは興味津々で思わず前のめりになって二人の話に耳を傾けた。

「いいえ。私はポーションを作ることさえできれば、薬師にも、薬師ギルド長にもなれなくてもよかったんです」

「ネフェルタリと会うまでは、だな」

サラはいっそう前のめりになった。その話、詳しく聞かせてほしい。

「そうですね。ですが、今はそんな話をしている場合ではなかったな。サラ、申し訳ない」

サラは愕然《がくぜん》とした。クリスに今、正気に戻られては、ネリーとクリスの楽しい話が聞けないではないか。

「そうだったな。すまない。つまりだな」

完全にサラの質問に戻ってしまったので、ちょっとがっかりした気持ちなのは否めない。

「私は頭が固く保守的だが、実は自由奔放なクリスのやり方は嫌いではない。というよりむしろ、竜の忌避薬の成果を聞いて、隠居している場合ではないのではないかとそわそわしていたところだったのだ」

今までの話の流れからサラが思ったのは、キーライ本人は保守的だと思っているかもしれないが、年若い後輩の才能に嫉妬せず、むしろその才能の開花に手を貸すくらいの懐の深さを持っている薬師だということである。

それは、キーライを恩師として尊敬しているクリスを見てもわかることだ。ネリー以外の人に気を使っているところなど見たことがないクリスが、敬意をもって接している。

「今回、私がこの東部の危機に薬師としてできることは、現場に麻痺薬などのポーション類をできるだけたくさん供給すること。だが、その他に何かできないかと考えて思いついたのがこれだ」

キーライは、山盛りの草をシャクシャクと食べているクサイロトビバッタを指し示した。

「餌が少ないせいで相が変わるのなら、十分な餌を与えてみたらどうかと。もちろん、この実験に即効性はない」

キーライの身振りが少し大きくなった。とうとうと話し続けるこの感じ、ちょっとクリスに似ているなあと思ったら、サラは思わず噴き出しそうになったが我慢する。

「もし成功したとしても、そもそも数匹のバッタの相が戻ったとして、何の意味があるか。加えて、もし大量の餌を与えることで相が戻るとわかったとしても、そもそもその大量の餌をどう確保して与えるか。現実的ではない。現実的ではないが」

キーライは振り回していた手をぱたりと落とし、言葉を途切れさせた。

「でも、何事も試してみないとわからないですからね」

代わりにサラが続けてあげた。

「実験と検証は、なにより大切だと思います」

「そのとおりだ。クリス、優秀な弟子を持ったな」

「はい」

サラは全世界に大声で叫びたい気持ちになった。

あのクリスが頷いている。

サラのことなど、便利なお手伝いくらいにしか思っていなかったはずのクリスが。

サラのことを優秀な弟子だと認めたのだ。

踊り出したいほどだったが、サラは理性のある少女である。コホンと咳払《せきばら》いをして、心を落ち着かせるためにクサイロトビバッタを観察することにした。

シャクシャクとただ草を食べ進めているクサイロトビバッタは、黒いことと大きいことを除いたらなんの脅威もなさそうだ。

「こんなに普通に見えるのに、この状態はつまり、病気のようなものなんですよね」

「病気、とはちょっと違うか。極限まで飢えて、命を次世代につなげない危機感から、無理やり生命力を絞り出して戦闘モードに入っているということだな。ある意味、病気よりひどい」

人が生息域を奪ったわけではない。例年とは少し違う雨の降り方が、クサイロトビバッタを飢えさせた結果、変わらざるをえなかった。

だが、それを放置していては人が飢える。

クサイロトビバッタが飢えて数を減らしても、人が飢えて数を減らしても、時間がそれを解決していく。元に戻った土地にどのような生物がいようと、世界には何の関係もないのである。

私は悲しいのよ、と女神の声が聞こえたような気がしたが、空耳だろう。

だが、女神の采配が頭に浮かんだことで、サラは去年のタイリクリクガメの事件を思い出した。なぜタイリクリクガメが南から北に移動するのかは結局わからなかったが、招かれ人が連れてこられる理由と同じように、大地にあふれる魔力を調整するためではないかとの推測がなされたはずだ。

あの事件でサラにとって一番衝撃が大きかったのは、アレンがタイリクリクガメに張り付いて気絶したのを見たときである。だが、それとは別に一番印象に残ったのは、クリスの指示により、クンツがタイリクリクガメの目の傷にポーションを使ったことだ。

魔物にポーションを使うなんてサラには思いもよらなかったし、さまざまな視点を持ち応用できる薬師がいるということ自体も衝撃だった。ましてそれが自分の師匠ときては、自分の未熟さを悟らずにはいられなかった。

「これが怪我や麻痺なら、ポーション類でなんとかなるのに。ほら、去年、タイリクリクガメの目を直したときみたいに」

サラの何気ないつぶやきに、クリスとキーライは二人ともはっと顔を上げてクサイロトビバッタを見つめると、同時に腰のポーチからポーションを取り出した。

サラはその反応の速さに大慌てである。

「ちょ、ちょっと待ってください！」

すぐにやってみようとした二人を、思わず全力で引き留めていた。

「なぜだ」

「実験と検証だろう」

双子みたいに同時にこちらに顔を向けるのはやめてもらいたい。

それでもサラはなんとか説明しようとして手を上下にパタパタと動かした。

「すみません。でも、実験が無駄になっちゃいます。そのバッタたち、もうだいぶ草を食べていますよね」

シャクシャクという勢いは衰え、中には食べるのを休んでいる個体さえいる。だからといって体の色は変わってはいない。

「も、もし実験するなら、草を食べなかったバッタと、十分食べたバッタ、それぞれにポーションを与える、与えないって、きちんと分けてやらないと」

慌てたせいで、つたなくなってしまったサラの説明で通じただろうか。

「そうでないと、キーライの実験そのものが無駄になってしまうし、それは絶対にもったいないないと思うんです」

サラのポーションの話は、キーライの話がきっかけで連想しただけのものであって、ただの思いつきである。それに対しキーライの実験は、クサイロトビバッタの生態に即したもので、しかもすでに実験は始まっている。

「それもそうだな」

「焦りすぎたか」

まるでクリスが二人いるみたいで、サラは頭がくらくらしそうだ。

「では、これが場合分けのリストです。どこでどのように実験しましょうか」

いきなり声がかかって、サラはびくっとしたが、横を見ると、ノエルがノートのようなものを出しながら、ペンを構えている。

先ほどから何も発言せずにいると思ったら、話を聞き取って実験の体裁を考えてくれていたようだ。それはそれで恐ろしく有能である。

サラが具体的な提案をしなくても、薬師三人で話し合いが始まった。

こうなると、サラは実践の時に手伝うだけでよい。気が抜けて、クサイロトビバッタがきれいに草をかじり取る様子をぼんやりと眺めていたら、アンもポケットからメモを取り出して何か書きつけている。

「こちらの字を覚える、と」

それはアンのやるべきことリストだった。

「よく見ると日本語だね。懐かしい」

「うん。私、半年もここにいたのに、字の読み書きもきちんと勉強してなかったの。今も、せめてノートをとるお手伝いをしようと思ったのに、ノエルの書いたノートの字がちゃんと読めなくて、かなりショックだった」

「確かにねえ。耳から聞く言葉は理解できるけど、読み書きは別だもんね」

ただしサラは、読むものがないとつまらないと思う性質だ。女神の付けてくれた翻訳機能が文字の読み書きには発揮されないと気づいてすぐに、ネリーから字を教わったので、割とすぐに読み書きはできていた。

「薬草の本はともかく、魔法の教本は字が読めないと意味がないから、覚えたほうがいいね」

「うん。体がちゃんと動くんだから、やりたいことは自分から進んでやらないと。それに字が読めれば、自分で勉強することもできるもの」

ふんふんと気合を入れるアンを見て、サラは自分がガーディニアに来たかいがあったような気がして嬉しくなる。

「そういえば、体調はどう?」

サラの言葉に、話し合っていた三人の薬師が一斉に振り向いた。

体調とか、怪我とかという言葉に無条件に反応してしまうのが薬師なのかもしれない。

「私の体調を気にしている場合じゃないでしょ。頑張りすぎて倒れていたのはサラなんだから」

頑張りすぎて倒れたとしても基本は元気なサラと、大事にされすぎて虚弱だったアンなら、アンの体調のほうが心配ではないか。

「私は大丈夫です。自分でも体力が続くか心配だったんですけど、ちょくちょく魔力を使ったり訓練したりしているせいか、元気がみなぎっている気がします。あと、ちゃんと早く寝てます」

アンはサラだけでなく、残りの三人の薬師も安心させるように体調を申告した。

「エドもすっかり安心して、アンをサラとノエルに任せっきりだし、そういう意味ではラティがアンのことを心配するのもわからないではないな」

キーライがぽつりとつぶやいたが、確かに昨日、アンはバッタと衝突しかけたばかりだ。サラがいたから守ることができたが、そんな事件があったばかりなのに、エドはアンを自由にさせている。

そのこと自体も問題だが、この状況をラティには決して話してはいけないような気がする。

「もう大丈夫だと思います」

サラの心配をよそに、アンが力強く答える。

「自分の心が弱っていたときは、ラティの気持ちが重くて怖いくらいだったけれど、やりたいことがはっきりわかった今、ラティの気持ちを、ちゃんと思いやりだと受け止められる気がするんです。それに」

アンはニコッと微笑んだ。はかなげではなくなったが、しっかりと美少女である。

「私が元気で楽しく過ごしていたら、きっとラティも喜んでくれると思うから」

サラはなんだか安心して力が抜けた気がした。

囲い込みすぎて過保護なラティは、同じ招かれ人のサラから見ると、アンを駄目にしている、むしろ敵であるとすら感じることさえあった。このまま放置していていいのかと思うほど危うい関係に見えたからだ。

だが、半年一緒に暮らしていて、アンにもラティを思う気持ちが育っていたのなら、これから二人はきっとうまくいくと思える。

「私は大丈夫です。比較的邪魔にならなくて、面白そうな場所をうろうろしていますから、実験に戻ってください」

多少迷惑に思われても、気を使いすぎずガンガン前に行ける、アンの好奇心旺盛で活発な性格が前面に出ている。

「今日の狩り場の落ち着いた感じでは、アンが自由に歩き回っても大丈夫だろう。ただし、一人で歩くならば、ノエルのテーブルのこっち側には来ないことだ」

クリスはアンに許可を出すと、また実験の相談に戻った。

「私はハンターのほうを見てこようかな」

サラはアレンたちや騎士隊の動きも気になったので、草原に歩き出そうとした。

「サラ」

「は、はい」

「ここにいる薬師に、そんな暇があると思うか」

「ですよねー」

クリスにとって、やっぱりサラは便利なお手伝いなのである。

そして四人目の薬師として、バッタの実験に加わることになった。

実験そのものには興味が湧かなかったのか、他の場所に楽しげに歩き去るアンをちょっと恨めしい目で見てしまったのは仕方がないと思う。


その日一日、クサイロトビバッタはシャクシャクと草を食《は》み続け、残ったバッタの数もハンターによって確実に減り続けた。

「今日一日では何の変化もなかったな」

ポーションを与えるのは少なくとも丸一日草を十分に食べさせてから。そう決めて、サラたちは今日一日は観察を続けながら、寸暇を惜しんで麻痺薬を作り続けたのだった。もう使う必要がなくても、使い尽くした在庫を補充しなければならないからだ。また、使う必要が本当にないのかどうかもまだわからない状況だ。

夕食の席でも、今日は薬師の四人は同じテーブルについている。

「相が変わったあと大移動を始めたとして、草を食い尽くしてどんどん先に進むんですよね。十分に草のある土地にたどり着いたら終わりってことじゃなくて」

「冬が来て動けなくなるまでだな。次の年にかえったバッタの相が変わっているかどうかは運しだい、という感じだ」

相が変わって黒くなったバッタは死ぬまで移動を続ける。黒いバッタが緑に戻ったという記録はないと、キーライは説明してくれた。

「だが、今までの記録がどこまで踏み込んだものかはわからない。いったん変化した後に、戻るかもしれないという視点で観察したわけではないだろうからな」

「僕はその記録をまだ見ていないんですよ。先に記録を読んでから参加するべきだったかなあ」

ノエルが悔しそうにしている。

「いや、薬師として最初から討伐に参加して、麻痺薬をたくさん作ったノエルの功績は大きい。騎士隊も討伐への参加というよりは麻痺薬の運用実験というのが本音だっただろうし、まさかこれほど麻痺薬が必要とは思わなかっただろうからな」

「ありがとうございます」

頑張りが認められたノエルは嬉しそうだ。

仕事の性質上、単調な作業になりがちで特に褒められもしないのが薬師なので、直接褒められるとやはり嬉しいものである。褒めてくれたのがクリスのような人ならなおさらだ。

サラのいるテーブルには、もちろんネリーも一緒にいる。

もっとも今は、婚約者のクリスのいるテーブルにネリーがいると言ってもいいのかもしれない。

そんなネリーは、なんだか楽しそうな顔でサラを見ているような気がする。

「どうしたのネリー。なんだか楽しそうだけど」

思わずこう聞いてしまったほどだ。

「いやなに。こうして見るとサラももう、一人前の薬師だなと思ってな」

「ほんと？　ちゃんと薬師に見える？」

ハイドレンジアでは、サラはまだまだ新米の部類に入る。思わず薬師のローブのしわを手で伸ばして胸を張った。

「見えるとも。大きくなった」

嬉しそうな声にほんの少し寂しさがにじむような気がする。

「ネフ。いとし子が成長して寂しい気持ちはわかるが」

すかさずクリスが立ち上がると、ネリーの肩に手を置いた。

クリスに寂しいという気持ちがわかるのかとちょっと疑問に思うサラではあるが、やっぱりネリーについては反応が早い。

「私がいつでもそばにいる。寂しいことはない」

「うっとうしい」

婚約者になってもはねのけられているクリスである。

昨日までの緊張が解け、少し余裕のできた宿舎の食堂に控えめな笑いが響く。

明日はどうなるだろうか。少し不謹慎ではあるが、薬師としてサラは胸が弾む思いで休むのだった。

「では、まずは相の変異した黒いバッタからいく」

クリスは宣言し、草を与えて気をそらせた黒いクサイロトビバッタにポーションをかけた。

「もったいない」

見学に来たアレンから、思わずといったように漏れ出た声は、正直なものであった。アレンと同じように見学に来ていたハンターたちから同意の声があがる。

ハンターになりたての若者だと、ポーションを一本買うのも大変なのだ。今は裕福になったハンターたちも、最初の頃の苦労は忘れないものなのだろう。ローザでの出来事を思い出してサラもちょっと切ない気持ちになる。

ポーションをかけられたバッタは驚いたように動きを止めたが色は変わらず、与えられた残りの草をシャクシャクと食べるだけだった。

「効果なし。次」

結果が芳《かんば》しくなくても、クリスをはじめとした薬師一団はたんたんと次のバッタのいる場所に移動する。

「これは昨日から十分食べ続けているバッタ。色は黒。それでは」

草の山に囲まれてシャクシャクと音を立てるバッタに、クリスはポーションをかけた。

バッタは戸惑ったように草を食む口を止めた。

「おお……」

「これは……」

やがて体が黒から緑のまだらに、そして完全な緑へと戻っていった。

「ふむ。色は変化したが、羽は退化しない。すなわち、飛翔《ひしょう》能力は残っており、危険性が減じたとは限らない、か。では次」

感動している見学のハンターたちをよそに、サラたちは次の黒いバッタへと移動する。

草を与えて様子を観察しているバッタは二〇匹ほどいる。その半数にポーションを与えてみる予定なのだ。

「二匹目。変色。次」

一〇匹すべてが終わる頃には、見学のハンターも飽きていなくなってしまうほど、ポーションは効果的だった。

「現実的に見て、相が変わって変色したバッタに餌を与えたうえでポーションをかけて回るというのは狩りをするより手間がかかりますね」

ノエルの感想にキーライが返事をする。

「ああ。運用するとしたら、ハンターを集めるより人手が必要だ。ただし、その人手がハンターでなくてもいいのは大きいぞ。わざわざ他の地域から人を呼ばずに済むのは助かる。大量のポーションが必要だが、費用の面ではだいぶ安く済むかもしれない。計算してみないとわからないが」

さすがにギルド長の経験者だけあって、キーライの視点は為政者寄りである。

だが、サラには気になることがあった。

「今は隔離して実験しているからいいですが、いったん相が戻ったとして、そのバッタを他のバッタと一緒にしたら、どうなるんでしょうか。他の黒いバッタも緑に戻ったりしないでしょうか」

相の変わりはじめは、一匹が黒くなったら、オセロのようにぱたぱたと他のバッタも色が黒くなるという。それならば、逆もないだろうか。

「ふむ。色が戻ったバッタを、黒いバッタのそばに移してみようか」

「ようやっと俺の出番だな」

黙って付いてきていたアレンが嬉しそうに緑のバッタをがっしりとつかみ、抱え込んだ。

「ひえっ！」

大きなバッタは抱えられていてもかわいくもなんともない。

チキチキと音を立てるバッタをまったく気にも留めず、アレンは指示どおりに黒いバッタが数匹固まっている地点に移動すると、ポーションをかけたバッタをその真ん中あたりにそっと降ろした。

抱えて降ろされ、やれやれと言わんばかりの緑のバッタは、戸惑ったように触覚を動かすと、動きをピタリと止めた。

「ああ」

サラから思わず漏れ出たのは失望の声だ。

「また黒に戻っちゃった……」

一匹だけ状態異常が戻っても駄目なようだ。

「よし！」

気合を入れたのはアレンだ。

おもむろにしゃがみこむと、今度はもともと黒かったバッタをまた抱えこむ。

「今度はこれを緑のバッタのとこに持っていくんだろ。がっかりしてる場合じゃないぜ」

「さすが英雄殿。理解が早い」

キーライに褒められて照れたアレンは緑に変わったバッタのもとに足を急がせた。

「残り九匹のうち、五匹の中にもともと黒いのを。四匹の中に、また黒に変わったやつを入れてみよう」

実験が複雑になって混乱しそうだが、結果も微妙なものだった。持ってきた黒いバッタはなかなか色が変わらない。その日の夕方になってやっと、ポーションをかけて緑になっていたものの、また黒に戻っていたバッタが緑に戻ったが、もともと黒いバッタは黒いままだった。

「やはり一度危機感を覚えて相が変異する場合、多少餌が十分なくらいではなかなか元に戻らないか」

キーライの声には落胆がうかがえた。

「でも、餌を一日十分に与えたバッタなら、ポーションが効くとわかったのはものすごい成果だと思います」

この手の実験は一日で成果が出ることなどほとんどない。季節をいくつも重ね、何年も積み上げてやっと結果が出ることも多いのに、今回はたった二日で成果が出たともいえる。

「そうだな。薬師の仕事は、単調な作業の繰り返しだ。何百年も既存の薬だけで満足して、新しい薬を創り出そうともしなかった薬師ギルドに染まりきった自分が、一歩踏み出しただけでも良しとせねばなるまい。しかも、サラの言うとおり、多少なりとも結果は出た」

自分に言い聞かせるようにしながら何もない宙をじっと見ているキーライは、明日からの実験の手順を考えているのだろう。

「そろそろ引退かとも思っていたが、若い薬師たちのおかげで、来年以降もクサイロトビバッタの観察と実験を継続していくという課題ができた。感謝する」

頭を下げられると照れるしかないサラとノエルである。しかし、クリスは違った。

「感謝しているのなら、少しばかり東部産の薬草類の出荷を増やしてもらえませんか」

すかさず交渉に入ったクリスに、キーライは意外だというように片方の眉を上げた。

「おや、クリス。ここ二年ばかりハイドレンジアからの薬草の発注はなかったはずだが」

「ハイドレンジアにではありません。うちの活動には薬草の採取も含まれていますから。増やしてほしいのは、ローザと王都にです」

いずれもクリスがギルド長を務めた場所だ。

「お前が去った後のギルドなど面倒を見てやる必要もあるまいに」

「ローザも王都も、自前で薬草を採取しようと努力し始めました。努力するなら、それに力を貸すのはやぶさかではありません」

「その割に発注数は変わらないが」

「足りなかった時期が長かったため、数を減らすのは不安なんでしょう」

サラもキーライと同じように、クリスが他の町の薬師ギルドのためになにかを提案するのは意外に思った。

キーライはしばらくそのことを熟慮していたようで、他の人の話が弾むなか黙り込んでいたが、結論が出たのか、一人静かに頷いた。

「タイリクガメの件にしても、今回の件にしても、常ならぬ天災が続いているが、これで終わるとも限らないしな」

そこでサラのほうを見るのはやめてもらいたい。たまたまどれにもサラは関わっているが、サラのせいでこのようなことが起きたわけではない。それに、関わっているというならばネリーもクリスもアレンもである。

「各薬師ギルドにおいて原材料とポーション類の在庫をもう少し持つように提言し、そのためなら東部からの薬草をもう少し出してもいい、としてみるか。採取する人手の関係もあるし、エドと相談してからのことになるが」

そのエドモンドは、アンと一緒に騎士隊のテーブルで楽しそうに話している。

「何にでも口を出してくる領主よりよほどましだが、今回の実験の件については驚くほど興味がないな」

キーライのあきれたような口調を聞いて、そういえばアンも、今日は一緒ではなかったなと、サラは今ごろ気がついた。

「私もまったく興味がないぞ」

ネリーが胸を張るが、実験について語っている薬師に向かってそう言われても困る。

「興味がなくても一緒に聞いてくれているネフが」

「そうですね、魅力的なんですよね」

傍らではクリスがノエルにあしらわれているが、ふと周りを見てみると、アレンやクンツもそばにはいない。

ネリーがやれやれというように肩をすくめた。

「そもそもクリスを見て常々思っていたが、薬師という人種は、少しばかり感覚がずれているよな」

サラは思わず噴き出しそうになった。ネリー自身も、薬師とは方向が違うかもしれないが、感覚がずれている人の仲間だと言いたいのを我慢する。

「いいか、そもそもたいていの人はバッタそのものに興味がない。私たちは依頼を受けたハンターだから仕方なく狩りに来ているが、興味があるのは効率よく狩れる方法のみ」

清々《すがすが》しいまでにハンターらしい言葉である。

「一般の人であっても、よほどの虫好きでもない限りバッタには興味がない。したがってアンもエドも興味がなくて当たり前。騎士隊も考え方はハンターと似たり寄ったりだ」

ネリーの視線を追って、騎士隊やハンターのほうを見ると、楽しそうに談笑しているテーブルばかりだ。狩りの山場を過ぎたという安堵感がうかがえる。確かに、あとは残ったクサイロトビバッタをたんたんと狩り尽くせばいいだけだ。

そんななか、反省会を繰り広げ、これからの対策や実験について真剣な顔で話し合っているのは薬師のテーブルだけである。

ネリーはニコリと微笑んだ。

「私はそんな薬師の在り方を尊敬しているし、好ましいとも思う。だが、それならなおのこと、そろそろ気を抜いてもいいのではないか」

「好ましい……」

クリスについては、そこだけ切り取ってうっとりするのはやめたほうがいいと思うサラである。

だが、ネリーの言うことももっともだ。特にクリスとノエルは、狩りの最初から現場にいて、ずっと足りない麻痺薬を作り続けてきた。

「薬師の果たすべき役割は十分以上に果たしている。これ以上の責任や義務はない。やるべきことがあるなら、後悔や駆け引きなどせずに、これから楽しんでやればいいではないか」

ネリーがこれほど饒舌《じょうぜつ》なのは珍しい。だが、狩りも終わりに近づいているのに、薬師だけが視野が狭くなっていたのかもしれない。狩りを終わらせることより、実験を続けることのほうを優先する気持ちが強くなっていたことにサラもようやっと気がついた。

「そうだな。バッタは数を減らしているし、ガーディニア方面に向かうことも避けられた。もう少し数を減らしたら、あとは地元のハンターで間に合うだろう。……そうか」

キーライは先ほどのネリーのように、騎士もハンターもゆったりと食後の時間を楽しんでいる食堂を見渡した。

「危機は去ったんだな」

危機は去った。

キーライの言葉はすとんと胸に落ちた。

クサイロトビバッタの討伐は、クリスへの依頼でもなければサラへの依頼でもない。ノエルの記録を取りたいという希望も、現場から見てみれば、物見遊山として煙たがられかねない動機である。

つまり、ここにいる薬師はキーライ以外、自主的に参加したはずなのに、一番熱心に討伐にかかわっているという状況になる。

サラはこの世界に来て、自ら望んで薬師になったが、思い返してみると、周囲に流されるように仕事をしていたにすぎない。だが今回、地域の危機を目にして、自主的にかかわり、招かれ人の力も使いはしたが、他の薬師と協力して、薬師としての力も尽くすことができた。

その結果として、危機が去ったのだ。

サラは顔を上げ、背筋をピンと伸ばし、そしてネリーのほうを見た。

「もう一人前だな。立派になった」

「うん！」

一人前の薬師にしては返事が子どもっぽかったかもしれない。

だが、ネリーの隣に立てる存在になった、そんな気がしたのだった。

エピローグ　やり残したこと

危機は去ったといっても、黒色に変色したバッタはまだ残っているし、なにより土の中の卵から、毎日新しいバッタが生まれてくる。卵を探して掘り返すのは難しいし、いつまで狩り続けなくてはならないのかと不満が出始めた頃、ついに領主のエドが、依頼の完遂を宣言した。

「もはやほとんど成体はいなくなったし、卵からかえったバッタを始末していくだけなら、東部のハンターだけで十分だろう」

卵からかえったばかりのバッタなら、ハンターでなくても始末することができる。これから夏の農作業が待っている農民も農地に帰すことにして、今後はバッタが動かなくなる寒い季節になるまで短期で働ける人を募るそうだ。

「アンの体調も問題ないようだし、私はもう少し残ってやりたいことがある。見送りには行けないが、また東部に来るようなことがあったら、ぜひ声をかけてくれ」

キーライはまだ実験したいことがあるようで、ガーディニアから呼び寄せた薬師と共に、意気揚々と狩り場に戻っていった。

騎士隊はといえば、ハンターだけで狩れる数までクサイロトビバッタが減ったと判断するとすぐに、王都に戻っていった。

「今回は魔物ではなかったが、魔物に対する麻痺《まひ》薬の運用の仕方については、非常に良い成果が得られたと思う」

生き生きとした顔のリアムが残したのは、清々《すがすが》しいまでに自分勝手な理由で討伐に来ていたことがまるわかりの言葉だった。

「ノエルは残るそうだから、よろしく頼む」

サラに興味を失ったリアムは、気持ち悪い部分がなくなって、逆に爽やかなほどである。そしてやっぱり自分勝手だと思う。

だが、バッタの数が多くて一番苦しかったときに、効率的に数を減らしてくれたのは騎士隊である。動機がどうあろうとも、十分に感謝に値する。

エドにねぎらわれつつ、屋敷に戻らずにそのまま北回りで王都に戻っていったのだから、立派なものである。

ノエルといえば、さすがにキーライに付いて残ることはせず、一緒にエドの屋敷に戻るという。

「これから領主館にある資料を読み込まなければなりませんからね。申し訳ありませんが、もう少しお世話になります」

動機はどうあれ、薬師としてのノエルがいなければ、討伐中に麻痺薬やポーションが足りなくなっていたかもしれない。こちらも十分な貢献である。

「もう少しと言わず、長期に滞在してくれてかまいませんよ。アンも喜ぶし」

エドも快く受け入れていた。

アンはといえば、結局最後までエドと一緒に狩り場に残っていた。

途中で何度も、ラティから、

「そろそろ戻ってきてはどうかしら」

という連絡が来ていたし、一度などは本人が直接迎えに来ようとしたらしい。だが、エドがなんとか言い聞かせていた。

「ラティまで来てしまったら、誰が領主館を切り回すのか」

それを押し切ってまで来ることはできなかったと聞いて、サラがちょっとほっとしたのは内緒である。どうしても最初の印象が悪く、苦手意識が抜けないのだ。

そのアンとは、帰りの馬車の中でやっとゆっくり話すことができた。アンがサラと一緒に過ごしたのは最初の頃だけで、その後はバッタの脅威も少なくなったことから、アンも割と自由にあちこち動いていたからだ。

「だいぶ体の調子もよさそうだね」

「うん。ご飯もたくさん食べられるようになったし、動き回って体力もついたと思う」

むんと二の腕を曲げてみせるアンは、まだ細いままだったけれど、確かに最初に会った頃より顔色もいいし動きにキレがある。

「帰ったらラティが喜ぶに違いない。本当に顔色がいい」

エドも優しい目でアンを見ている。

馬車には、領主のエド、アン、ネリーにサラ、そしてノエルが乗っている。ライとクリスは用事があるとかで、ハンターと一緒の馬車だ。

アンは今、サラと隣り合って座り、バリアを張る練習をしている。

「炎で犬の形を作ることができるんだから、イメージが大事っていうのはわかってるんだよね」

「わかってるんだけど、目に見えないことをするっていうのはやっぱり難しいよ」

想像力というのはそれぞれで、目に見えないシャボン玉という、サラのイメージはアンには難しいらしい。

「うーん、魔力の扱い方を覚えるには、バリアが一番いいんだよ。だって火や水を使えないところでも訓練できるでしょ」

「それならば身体強化も同じだぞ」

ニコニコと見守っていたネリーが、そうアドバイスをしてくれる。

だが、ネリー自身は教え方が下手なので、自分からアンにうまく教えることはできない。

できないはずだった。

「ちょっとやってみるか。まず筋肉を意識してみろ」

「はい」

サラは筋肉には興味がないので、筋肉を意識してみろと言われてもできない。だが、アンはネリーに素直に返事をすると、右腕をまっすぐ前に出した。

「物をつかむ、握るという、前腕の筋肉が私はわかりやすいです」

「よし。そこに魔力を行き渡らせ、筋肉を補助すると考えるんだ」

「はい」

ネリーがきょろきょろしているので、握るものを探しているのだろうと察したサラは、収納ポーチから、少し堅い黒パンを取り出した。サラが両手で握ってもつぶれたりせず、包丁で薄くスライスして食べるパンだ。

「はい、これ」

「ありがとう、サラ。アン、ほら、これを握ってみろ」

「はい。わっ、すごく力が入る！」

サラからネリーへ、そしてネリーからアンの小さな手に渡された黒パンは、まるで柔らかなロールパンのように握りつぶされた。

「すごい！　一回目で成功するなんて」

サラはアンに魔法は教えたが、身体強化は危ないような気がして教えていなかったのだ。魔法を覚えるのも早かったが、身体強化もあっという間に覚えられたようだ。

「ああ、もったいない」

そんなサラの感動をよそに、アンは握りつぶしたパンをじっと見つめると、いきなりもぐもぐと食べ始めた。

「堅いけど、噛《か》めば噛むほど味が出ておいしいです」

「おいしいけれども！　ふつう食べる？」

「だってもったいないし。つぶしたの自分の手だし」

思わず食べ物を渡してしまったサラもサラだが、それを食べてしまうアンもアンである。だが、確かにお互い日本人だなあと感じた瞬間でもあった。

「ごちそうさまでした。そして筋肉は目に見えるからわかりやすいです」

「そ、そうか」

ネリーもどう反応していいかわからず、少し引き気味である。

「私、今回狩り場に連れてきてもらって本当によかったと思うんです」

アンは何も言われなくても、次に左手を前に伸ばしながらそう話し始めた。

「むん。うん、たぶんできた。サラのパンのおかげだ」

そうして一人で頷《うなず》いている。左腕もちゃんと強化できたのだろう。それにしてもサラのパンではなくてネリーのおかげだと思うが、どうにも突っ込みどころが多い。だがいちいち気にしていると話が進まない。サラは気を取り直した。

「よかった、というのは？」

お屋敷で大事にされて、身動きが取れないよりはましだろうということはわかる。だが、それ以上の理由があるなら、サラも聞いてみたい。

「サラやノエル、クリス、キーライ。これは薬師。ネリーやクンツ、アレン。これはハンター。そしてリアムは騎士」

アンは伸ばしていた手を下ろすと、今度は指を折って数え始めた。

「食堂で働いていた人。お掃除やお洗濯をしていた人。バッタを片付けていた人。それから指示を出していたライオットやエド」

そういえば宿舎を維持する人もたくさん働きに来ていたのだった。

「今までお屋敷で限られた人しか見てこなかったから、この世界でどう生きていいのかわからなかったの。でも、一度にたくさん、いろいろな仕事をする人が見られたでしょ？　しかも、魔法や身体強化を使う人もいたし、サラたちみたいに技術で貢献する人もいた。お料理やお片付けも日本とそう変わらないっていうこともわかったし」

身体強化の感触を確かめているのか手を握ったり開いたりしながらそんな話を続けるアンは、とても楽しそうに見える。

「正直なところ、みんな最初は迷惑そうにしてたてね。私が招かれ人だと知っているせいか、失礼な態度にならないように気を使ってくれていたみたいなんだけど」

アンはちょっと寂しそうに微笑《ほほえ》んだ。

「でも、こんな機会二度とないかもしれないでしょ。あっちこっちをうろうろして、満足するまで見学してきたの。本当はサラのそばにいるのが一番安全だったと思うけど」

「それはどうだろう。サラは意外と危険の真ん中に飛び込むからな」

ネリーにそれを言われるのは心外である。

「とてもわかる。バッタが飛び始めたとき、真ん中に立って盾になったサラには、本当に感動したもの」

「いやあ、それほどでも」

そういえばバッタが飛び始めたとき、アンがそばにいたのだったと思い出すサラである。

「サラの広範囲のバリアは誰にも真似できないって、ノエルが教えてくれたの。誰よりも穏やかで、争いごとが嫌いな人だけど、誰かを守るときはいつも真っ先に飛び出すんだって」

「事実ですからね」

ノエルの評価に嬉《うれ》しいやら恥ずかしいやらである。

「でも、その時に思ったことがあるの。サラは、最初にネリーしかいない場所で暮らして、独自の結界の魔法を編み上げたんでしょ。それはとても素晴らしいことだけれど、私が同じ状況になっても、私はサラみたいな魔法は作れないだろうなって」

「招かれ人はそれぞれ違う工夫をしてるよね。ハルトなんか特にそう」

もっとも、寄り集まればそれぞれに得意なことは教え合うから、ハルトはサラのバリアを張れるし、サラもハルトの広範囲火魔法を撃つこともできる。ただし、最初に考えた人ほど上手ではない。

「もし私が魔の山に落とされたら、私はネリーと同じ身体強化型の招かれ人になっていたと思う」

「確かに……」

さっきまでやっていた訓練を見る限り、アンは身体強化や攻撃型の魔法のほうが得意な気がする。

「そしてね、最初に戻るけど、いろいろな仕事を見て思ったの。一番興味があるのは」

そこでいったん言葉を切ったので、サラはドキドキした。きっと薬師は選ばれないだろう。では、何に興味を持ったのだろう。

「騎士隊の仕事なの」

「な、なんだってー！」

サラは思わずのけぞってしまうほど驚いたが、ネリーはそうでもなかったようだ。

「そんなに驚くことはあるまい。私だって若かりし頃は騎士隊にいたんだぞ」

「そ、それはそうだけど。でもあのリアムのいる騎士隊だよ？　あ、ノエル、ごめんね」

失礼なことを言ってしまった自覚はあるので、サラはすぐさま謝罪した。

「リアム、素敵な人だったよ。話すと楽しいけど、仕事の時は指揮官って感じで、制服をきちんと揃《そろ》えた騎士たちが、指揮官のもとしっかりと任務をこなすっていう感じがとてもかっこよかったの。警察官みたいで」

「ううむ」

確かに、サラも今までの因縁がなく、今回のリアムだけ見たらそんな風に見えたかもしれない。救いはノエルが笑いをこらえていることだ。サラの気持ちを理解してくれているのだろう。

「あと、騎士って公務員、つまり国の組織なわけですよね？　話を聞いたら女性の騎士もそれなりにいるって言ってましたし」

「ああ、おもに警護の仕事になるが、女性の騎士もいるぞ。招かれ人はどちらかというと警護される側だったから、騎士隊側が最初は戸惑いもあるかもしれんな」

実際騎士隊にいたことがあるネリーの言葉には説得力がある。

「ただし、貴族優先で身分差が激しい。また、民のための組織ではなく、王と貴族のための組織だ。それゆえサラにはまったく馴染《なじ》まなかった。それを理解したうえで挑戦してみるといい」

「そうなんですね。それでサラの反応が微妙なんだね」

「ごめん。でも、そのとおりなの」

ネリーはハンターになってから、騎士隊に苦しめられたこともある。だが、なるべく良いことも悪いことも公平に伝えたいという態度が伝わってきてすごいと思うサラである。

「あと、騎士の仕事には治安を守るということがあると思うんだけど、ハンターは狩る一択でしょ？魔物を狩るということは、命を狩るということ。その仕事は続けられないと思ったの」

確かに、身体強化が得意であっても、選択肢はいろいろある。サラもハンターには魅力を感じないので、アンの言いたいことはよく理解できた。

「そのとおりだな。力がそのまま成果と収入に反映されるから、それもまた面白いのだが」

治安を守るという意味では、確かに騎士隊を選ぶという選択はありだ。

「薬師はとても素敵だと思うけれど、薬草を採るのも、ポーションを作るのも、自分には向いていないと思ったたし」

「アレンがいたら頷いてるね」

アレンもクンツも相変わらずハンター仲間と一緒の馬車だ。

「とりあえず目標を決めたら、体づくりも、読み書きも、魔法も身体強化も頑張れるでしょ？そうしたら、途中で気が変わって別のことをやりたくなっても、きっとなんとかなると思うの」

「すごくいいと思う」

サラは大きく頷いた。

「私、サラが来てくれて本当によかった」

「でへへ。でも、私はほとんど何にもしてないんだけどね」

クサイロトビバッタの大量発生という状況があったからこそ、アンもいろいろな職業に興味を持つことができたのだ。

「ううん。サラは何でもないことのように言うけど、バッタとぶつかりそうになったときに助けてもらったことだけでもとても大きいことなの。だって命を救ってくれたんだよ」

ノエルがよくできましたという顔で頷いている。

「サラが来てくれて、閉じこもっていた部屋から出られた。ラティと向き合うことができた。外の世界に目を向けることができて、魔法の訓練まで始めさせてくれた」

アンがひとつひとつ数え上げていく。

「まだ体力もついていないのに、討伐場所に来るのをいいと言ってくれた。危ないのにうろうろするのを認めてくれた。サラがいいと言ったから、どれも許されたの」

見守っていたのはサラだけではないので、面映《おもは》ゆい気持ちである。

「どの一歩も、サラが踏み出すのを手伝ってくれたの。本当にありがとう」

素直な感謝には、素直に応えよう。

「どういたしまして」

サラは胸を張って返した。とてもいい気分だ。

帰りの馬車の移動は二日かかったけれど、その間はとても有意義に過ごせた。

特に、騎士隊に興味があるアンは、ネリーの話を熱心に聞いていたが、サラも便乗してネリーの若かりし頃の話を聞けたのはとても楽しかった。

魔の山にいたときからの習慣で、サラはネリーに余計なことを聞くことはほとんどない。そのせいですれ違ったりしたから、なるべく話を聞くようにしてはいたのだが、やはり遠慮はある。

逆に好奇心旺盛なアンは余計な気遣いをせずいろいろなことを聞いてくれたから、初めて知ったことも多い。

ライとクリス、それにネリーも、ハンターの馬車に移動したりもして、話をする人は随時変わったが、アンが騎士に興味を持ったことを、ライがとても喜んだ。

「元騎士隊長なんですね」

アンの目が憧れに変わったのにも気をよくしたに違いない。

「サラには騎士隊のいいところはほとんど見せられなかったが、本当はいいところもたくさんあるんだ。若い娘さんにとっては憧れの対象でもある。もっともアンは騎士になる側だがな。ハハハ」

サラだって騎士隊のかっこいいところを最初から見せてほしかったと思う。

「私って本当に特殊な始まりだったんだね」

「落ちた場所が魔の山で、初めて行った町がローザではなあ。騎士隊もローザのハンターと比べられたら、分が悪い。だが、騎士隊も上が変わったから、これからは少し風通しもよくなるだろうよ」

ネリーに指名依頼を出し、頼りきっていた頃の騎士隊はライの時代から見ると弱体化していたらしい。

「リアムもな。あの年でもすでに騎士隊長になる力はある。家柄も問題ないから、最年少で騎士隊長という話もあったそうだ。だが、クリスやノエルを見てわかるとおり、最年少ということは組織を動かすうえで必ずしもプラスにはならない」

人生経験豊富なライの話はすっと頭に入ってくる気がするサラである。

「だからこそ、リアムは上を追い落とすことではなく、自滅させることを選んだように見える。ある意味曲者《くせもの》だが、騎士隊を改革する意思はあるようだから、今後が楽しみなことだ」

「うえっ。そうですかね」

サラはそういう駆け引きも苦手だ。ライのリアムへの評価は、意外なことに最初からけっこう高い。無理にと言わなくても、ちょいちょいサラに推してくるのは困ったものだ。

リアムは今は騎士隊の副隊長だが、そのうち隊長になるだろう。サラはもう関わりたくないなあと思うが、アンが騎士隊に入ることになったら、騎士隊に対する印象もよくなるかもしれないと思うしかない。

「騎士隊に入るなら、身体強化も魔力操作も大事だが、剣が大事だ。騎士隊やハンターを引退した人に師事して、基礎を学んでおくといいのだが。エド、あてはあるだろうか」

「ないこともないですが、急ぎすぎではありませんか」

アンの知らないところで、アンの育成計画も動き始めている。

一方でアンとネリーもなにやらひそひそと相談をしており、サラはちょっと疎外感を覚えないこともなかったが、馬車の中ではアンの魔力訓練やおしゃべり、休憩中にはクリスとノエルと一緒に薬草採取と、二日間はあっという間に過ぎていった。

そして草原を過ぎ、農地が現れ、ガーディニアの町が見え、ついにお屋敷の門が見えたとき、サラは思わず大きな息を吐いた。

自分の家ではないのだが、やっと戻ってきたという気持ちになったからだ。

「お帰りなさいませ！」

狩り場にも来ていた愉快な門番は一足先に屋敷に戻っていたようだ。

「奥様が首を長くしてお待ちですぜ」

「良い報告を持って帰れてよかったよ。そうでなければ、アンのことで叱《しか》られる未来しか見えなかった」

少し情けないエドの帰りの挨拶に、門番は明るく笑って門を大きく開けてくれる。

屋敷の前では、くるくるした赤毛の美しい婦人が、いつかと同じに、ただし今度は一人で、胸の前で手を揉《も》みながら心配そうに待ち構えていた。

「ラティ！　うっ」

夫のエドが真っ先に馬車から飛び出して、そのまま胸を押さえて顔を背けた。魔力の圧が強かったのだろう。

「ラティ。皆無事だから。落ち着いて、落ち着いて」

慣れているのか、エドは背けていた顔を無理やり前に戻し、ラティに両手を広げて静かに語りかけている。

「エド、あなた……。よくご無事で……」

何度か深呼吸をしたら魔力はどうやら落ち着いたようで、ラティはエドの広げた腕の中にすっぽりと納まった。

その二人を、続けて降りたアンやネリーが、微笑ましそうに見守っている。

「アンも！　まあ、顔色がいいわ。すっかり元気になって」

ラティはすぐにアンにも向き合い、嬉しそうに抱きしめた。弱い子どもには弱いままでいてほしいという保護者もいる。ラティがそんな保護者ではなくてよかったと、サラは胸をなでおろした。

十分にアンを抱きしめて満足したラティは、サラにも優しい笑みを向けた。

「連絡は届いていたの。アンを助けてくれて本当に感謝するわ」

「いえいえ。当たり前のことをしただけです」

苦手な相手だが、感謝されてほっとしたサラである。

「お父様も、ネフェルも、サラも、クリスにノエル、そしてハンターの皆さんも。ガーディニアを救ってくれて本当にありがとう」

貴婦人の心からの感謝に、満足げな空気が流れる。

「さあ、まずは皆さん、ゆっくり休んでくださいませ。今晩もおいしい食事をご用意しますからね」

確かに久しぶりにゆっくりお風呂に入りたいし、柔らかいベッドでゆっくり休みたい。そう思った自分に、サラは、自分たちは本当に一生懸命頑張っていたんだなあと思う。

しかし、一夜明けて次の日には、ハンターたちはもうハイドレンジアに帰るという。

「私が一緒に帰ることにするよ。娘がしっかりと暮らしている様子を見られて本当によかった」

ハンターの代表はネリーなのだが、まだガーディニアでやることがあるからと、ライに代わりを頼んだということのようだ。

「サラと離れたくはないんだが、今回は俺がいてもあまり役に立たないと思うから。リアムもいなくなったしな」

残念ながら、アレンもクンツもみんなと一緒に戻るという。

「珍しい仕事だったし、支払いも悪くはなかったが、正直に言うと、ハイドレンジアでダンジョンに潜っていたほうが面白いし稼ぎもいいんだ。もしハイドレンジアを出てどこかで修行するにしても、それは王都かローザってことになるだろうし」

「じゃあ、なんで何人もガーディニアに来てくれたの？」

いまさらなサラの質問に、クンツが声を潜めた。

「ウルヴァリエのためだよ。ライはいいご領主だし、セディもネリーも、ハイドレンジアに馴染んでハンターから尊敬されてるんだ。ガーディニア自体、ハンターにとっては魅力はないけど、ウルヴァリエの身内が困っているなら一肌脱ごうってことだったんだよ」

「そうだったんだ」

ライは最初からそれを知っていたのだろう。だが、ネリーはきっと気がついていないので、後でこっそり教えてあげようと思うサラだった。

ハイドレンジア一行を見送ると、屋敷に残ったのはネリーとクリス、それからサラ、そしてノエルの四人だけだ。

「僕は、記録を読ませてもらいますから」

ノエルが早々に離脱した後、残ったのは三人である。

「ねえ、ネリー。私たちも、一緒に帰るものだと思ってた」

久しぶりに会ったとはいえ、バッタの討伐に行く前に社交の時間を取ったので、ネリーもラティもも満足していると思っていたのだ。

「やり残したことがあってな」

「やり残したこと？」

サラは首を傾《かし》げると、アンがとことことやってきた。

「ネリー、準備ができました」

「ああ。やるか」

なぜこの二人が結託しているのか。サラは混乱していっそう首を傾げた。

「姉様。こちらにおいでください」

「まあネフェル。アンも。なにかしら」

ニコニコとやってきたラティの腕を、ネリーはがっしりと捕まえた。

その反対の腕をアンが捕まえた。

「まあ、な、なにかしら、急に」

焦った様子のラティに、ネリーはニコリと微笑んだ。

「急ではありません。姉様には少しばかり修行をしていただきます」

「修行？」

焦った様子で二人を交互に見るラティだが、サラも戸惑っている。

ネリーとアンは有無を言わせず、だがそっと、ラティを庭に連れ出した。

「要するに」

「要するに？」

ネリーにオウム返しのラティである。

「姉様がアンを大事に囲い込むのは、アンが魔力の圧を気にしないからですよね？」

「違うわ。アンがかわいいからよ」

「姉様。私の小さい頃を思い出してください」

ネリーの静かな声に、ラティがうつむいた。

「ちょっとはそうかもしれないわ」

「ですよね。私は姉様に大事にしてもらったことを感謝していますし、姉様がアンのことをかわいいと思っていることは疑っていません。ですが、いつまでもそれでは困ります」

「私は困らないけれど」

小さいラティの声は無視された。

「では、これから、魔力のコントロールの修行をします」

「何を言うの？　私はもう、大人よ？」

ネリーは大きなため息をついた。

「私も大人になってから修行して、今は魔力の圧はほとんどコントロールできています。私にできて姉様にできないわけがありません」

「いまさらよ」

「いまさらではありません。これはエドのためでもあります」

「エド……」

どんなに魔力の圧が大きくて顔を背けそうになっても、頑張ってそれに耐えてきたのがエドである。

そのことには気づいていたようで、ラティの勢いが弱くなる。

そこにアンが畳み込んだ。

「エドはラティのことが大好きだから、魔力の圧がなければもっともっと近くにいてくれると思うの」

「まあ。今よりも？」

頬《ほお》に手を当てるラティは少女のようである。夫婦仲のいいのはいいことだ。

「魔力の圧で、騎士隊を辞めざるをえなかった私でも、できるようになったんです。姉様にできないはずはありません。いえ」

ネリーは優しいともいえる微笑みを浮かべた。

「できるまでやります」

「え、ええ……」

それでも不満げなラティに、アンも力強く頷いてみせた。

「私も一緒に勉強するから」

「そ、そう？」

サラはその様子を見て、にっこりと頷いた。

ネリーには何も言われていなかったから驚いたけれど、ガーディニアに残ったのはそういうことかと理解する。

そんなサラの肩をポンと叩《たた》いたのはクリスである。

「私たちは、ノエルと一緒にバッタの資料を読んでこないか」

「いいですね。実はそういうの、好きなんです」

「薬師だからな」

「薬師ですからね」

いくらアンのことで感謝されても、そもそもネリーの姉だとしても、サラはやっぱりラティのことは苦手だった。最初に意味もなく責められたことはどうしても忘れられない。だから、正直に言って、早くこの屋敷を出てハイドレンジアに帰りたいなと思っていたのだ。

だが、ラティが変われるなら、少しだけ苦手がなくなるかもしれないと思う。

ネリーは魔力の圧で苦しんだのに、ラティは魔力の圧があっても大事にされた。

結果としてネリーはしっかりと大人に成長したけれど、ラティは少女のまま大きくなった。

それをネリーも感じ取ったのだと思う。

「たとえ姉といえど、ネフが自分から人の面倒を見ようとするなどとは、思ってもみなかったな」

「もともと優しい人ではありますけどね」

「ラティ自身のためもあるが、サラやアンのためでもあるのだと思うぞ」

「私のため？」

サラは驚いてクリスを見上げた。

「ラティに少しでも成長してもらわないと、またサラに暴言を吐くかもしれないからだな」

「クリスもあの時、そう思っていてくれたんですか」

「ああ。あれはなかったな」

「その時に言ってくれたらよかったのに」

サラはちょっと口を尖《とが》らせた。

「私が言うまでもなく、ネフが言い返しただろう」

「そうだった」

「今のネリーにとっては、サラのほうが大事な家族だからな。もちろん、ゴホン。わ、私もだが」

「赤くならないでください。クリスらしくないです」

婚約者になってからのほうが、照れて距離を取ってしまっているのはなぜなのか。

「離れても不安ではないからだ。もう家族だからな」

「ということは、今までは不安で付きまとっていたということじゃないですか」

サラはあきれて思わず声が大きくなってしまったが、クリスはしっと指を口に当て、あたりをうかがった。

恥ずかしいという気持ちはあるらしい。

クリスは再びゴホンと咳払《せきばら》いをして、わざとらしく話を変えた。

「ハイドレンジアには、急いで戻らねばならない用事はなにもない。どうせラティの修行とやらには相当時間がかかるだろうから」

なぜ時間がかかるのだろうと考えて、サラはああ、と納得した。

「ネリーもアンも、正直なところ、教えるのが下手だから？」

「そうだ」

どうやら二人とも、筋肉で物事を考えるタイプだ。自信満々にラティを連れ出したが、教えるのには時間がかかるだろう。そしてサラにもクリスにも、手伝ってあげたいという親切心はみじんも湧かないのである。

「私たちは、薬師として、ノエルと共に学んだり、薬草を採取したりして」

「楽しく過ごしますか！」

「うむ」

今まで事件に巻き込まれたことは何度もあって、そのたびに悔しい思いをしてきた。

だが、今回、サラは最初から最後まで自分の意思で決め、自分の意思で行動できた。

それも、薬師の一員としてだ。

必死になって後を付いて歩いていたクリスとも、いつの間にかこうして肩を並べて歩いている。

「大人になったな、私」

「まだ一六歳だぞ」

「振る舞いの話ですよ、もう」

もう身長は伸びなくても、こうして前に踏み出す一歩は、着実に自信に満ちたものになっているサラであった。

転生少女はまず一歩からはじめたい 7

～魔物がいるとか聞いてない！～

MFブックス

転《てん》生《せい》少《しょう》女《じょ》はまず一《いっ》歩《ぽ》からはじめたい 7
～魔《ま》物《もの》がいるとか聞《き》いてない！～

2023年11月25日　初版第一刷発行

著者　カヤ
発行者　山下直久
発行　株式会社KADOKAWA
〒102-8177　東京都千代田区富士見2-13-3
0570-002-301（ナビダイヤル）
印刷・製本　株式会社広済堂ネクスト
ISBN 978-4-04-683073-9 C0093

企画　株式会社フロンティアワークス
担当編集　依田大輔／河口紘美／齋藤 傑（株式会社フロンティアワークス）
ブックデザイン　AFTERGLOW
デザインフォーマット　AFTERGLOW
イラスト　那流

本シリーズは「小説家になろう」（https://syosetu.com/）初出の作品を加筆の上書籍化したものです。

この作品はフィクションです。実在の人物・団体・事件・地名・名称等とは一切関係ありません。